송·재·소·잡·문·집

주먹 바람 돈바람

초판 1쇄 인쇄 2004년 1월 20일
초판 1쇄 발행 2004년 1월 25일

지은이 송재소
펴낸이 조윤숙
펴낸곳 문자향
등록번호 제 1-2821호(2001. 3. 13)
주소 서울 종로구 운니동 65-1 월드오피스텔 908호
전화 02-747-3451
팩스 02-747-3452
이메일 munjahyang@korea.com

값 9,000원
ISBN 89-90535-09-3 03810

송·재·소·잡·문·집

주먹바람 돈바람

문자향

머리말을 대신하여

1. '잡문雜文'에 대하여

내가 대학원에 다닐 때 주위의 선생님들로부터 가장 많이 들은 말씀 중의 하나는 '잡문 나부랭이를 쓰지 말라'는 것이었다. 학자는 순수한 학술 논문을 써야 하지 결코 잡문 나부랭이를 써서는 안 된다는 말씀이었다. 그때는 선생님들의 말씀대로 학술 논문만 쓰면서 학문 생활을 계속하리라 마음먹었다. 그러나 여기저기 신문, 잡지의 청탁을 받으면서 나도 모르게 잡문에 손을 대게 되었다. 이렇게 해서 씌어진 잡문의 양이 쌓임에 따라 잡문을 쓰지 말라고 당부하셨던 선생님들께 괜히 송구스러운 마음을 떨칠 수 없었다. 마치 "너 이놈 요사이 잡문 나부랭이나 쓰고 있구나" 하고 호통하시는 것 같았다.

그래서 잡문에 대하여 내 나름의 합리화 내지 변명을 마음속에 준비하고 있었다. 그러던 중 1989년 처음으로 중국에 갔을 때 내 눈에 뜨인 것이 잡문에 관한 책들이었다. 놀랍게도 서점에 진열된 책들

중에는 『중국잡문사中國雜文史』, 『중국현대잡문』, 『중국잡문감상사전 中國雜文鑑賞辭典』, 『잡문창작백가담雜文創作百家談』 등이 있었다. 이 책들을 사 가지고 와서 꼼꼼히 읽어보진 않았지만, 한 가지 분명히 알게 된 사실은 중국 현대 잡문의 대가가 노신魯迅(1881~1936)이라는 점이었다. 노신의 작품을 평소에 즐겨 읽어 왔지만 그러한 종류의 글을 '잡문'으로 규정한다는 점은 솔직히 잘 모르고 있었다.

주지하는 바와 같이 중국 현대 잡문은 '5·4 신문화 운동' 중에 발생하여 선명한 시대 정신과 강렬한 사회비판 정신으로 중국의 근대화에 커다란 기여를 했다. 그리고 우뚝하게 그 중심에 위치하고 있었던 인물이 노신이었다. 그는 자신의 글을 "비수匕首와 투창投槍"에 비유했다. 그는 이 "비수와 투창"을 가지고 중국 봉건 사상의 잔재를 갈갈이 찢어 없애려 했다. 그래서 역시 중국 현대 잡문의 대가인 구추백瞿秋白(1899~1935)은 "노신 잡문은 5·4 이래 중국 사상 투쟁의 역사이다"라고 평했던 것이다.

노신의 잡문을 읽으면서 나는 '잡문'이 '잡스러운 글' 만은 아니라는 생각을 하게 되었다. 중국의 학자들 중에는 전통적인 문학의 갈래인 시, 소설, 희곡, 산문에다가 잡문을 추가하여 잡문을 하나의 문학 양식으로 간주하자는 주장도 있었다. 어쨌든 나는 이로 인하여 잡문 쓰는 행위에 대한 약간의 변명거리를 얻게 되었다. '노신도 잡문을 썼는데…' 하고 합리화를 하면서. 그렇다고 해서 나의 글을 감히 노신의 잡문에 견주자는 것은 결코 아니다. 노신에 기대어 약간의 위안을 얻어 보자는 것일 뿐이다.

이 글을 쓰는 동안 또 하나의 변명거리가 떠올랐다. 우리나라의 전통적인 문집文集에 '잡저雜著'라는 형식의 글이 있다. 그 명칭에 '雜'이라는 글자가 들어 있음에도 불구하고 여기에는 작자의 학문적 성향이 드러나는 학술적 논변이 주를 이루고 있어서 매우 중요한 자료로 이용되고 있다. 또한 한문학漢文學에 '필기류筆記類'의 글이 있는데 대개 잡록雜錄, 잡기雜記, 잡설雜說, 만록謾錄 등의 명칭을 붙인다. 이 글들은 규격적인 한문학 문체로 소화할 수 없는 내용을 담고 있다. 일정한 형식과 체계를 요구하지 않기 때문에 작가의 생각을 자유롭게 표현할 수 있는 글이다. 이런 글은 문집에 수록되지 않을 정도로 푸대접(?)을 받았지만 오늘날 한문학 연구의 중요한 대상이 되고 있다. 그래서 나의 잡문을 옛날 문집의 '잡저'에 감히 비겨 보기도 한다.

지금 대학교수들에게 요구하는 이른바 학술 논문은 엄격한 형식을 갖추어야 한다. 학술진흥재단에서 규정한 까다롭고 복잡한 형식을 갖추지 않으면 아무리 훌륭한 내용의 논문일지라도 학술 논문으로 인정해 주지 않는다. 형식주의의 극치라 할 만하다. 나 자신도 어차피 교수로 살아남기 위하여 학술진흥재단의 요구에 맞추어 논문을 쓰긴 하지만, 때로는 저 껍질뿐인 형식의 울타리를 벗어나고 싶은 욕망을 금할 수 없다. 이것이 내가 잡문을 쓰는 이유 중의 하나일지도 모르겠다. 내가 이 책을 '잡문집雜文集'이라 이름한 것은 이러한 이유에서이다.

2. '이조李朝'와 '조선朝鮮'의 표기에 대하여

책을 낼 때마다 나는 출판사 편집자들로부터 질책 섞인 요청을 받곤 한다. 내 글 중의 '이조' 또는 '이씨조선'이란 표기를 '조선'으로 바꾸었으면 좋겠다는 요청이다. 말이 요청이지 여기에는 강한 불만과 항의의 뜻이 담겨 있었다. 또 이런 일도 있었다. 몇 년 전 텔레비전의 좌담회에 참석한 일이 있었는데, 며칠 후 중학교의 한 역사 교사로부터 강한 항의 편지를 받은 적이 있었다. "대학교수라는 사람이 공개석상에서 어떻게 '이조'라는 말을 사용할 수 있느냐"는 것이었다. 그리고 '이조'는 일본인들이 우리나라를 비하시키기 위하여 붙인 명칭이기 때문에 결코 사용해서는 안 된다는 것이었다. 그래서 이 기회에 이조와 조선에 대한 나의 견해를 밝히기로 한다.

과문寡聞한 탓인지는 모르지만 내가 아는 한 '이조'는 일본인들이 조선을 비하시키기 위하여 붙인 명칭이 아니다. 원래 이러한 표기는 중국에서 전통적으로 사용해 오던 방식이다. 광활한 영토를 가진 중국에서는 수천 년 동안 수많은 나라가 흥망성쇠를 거듭했다. 그래서 같은 이름을 가진 나라 또한 무수히 많았다. 이 많은 나라들을 구별하기 위하여 국명國名 앞에 그 나라를 세운 사람의 성姓을 붙였던 것일 뿐이다. 예를 들어, 동진東晉을 멸망시킨 유유劉裕가 세운 송宋나라를 '유송劉宋'이라 하고, 당唐나라에 이어 중국을 차지한 송宋나라를 초대 황제인 조광윤趙匡胤의 성을 따서 '조송趙宋'이라 부른 것이다. 이렇게 호칭한 것은 그 나라를 폄하하기 위함이 아니라 단지 구별하기 위함이었다. 저 유명한 주돈이周敦頤의 「애련설愛蓮說」에서 "自李唐來 世人盛愛牧丹…(이당 이래로 세상 사람들이 모두 모란을 사랑했다…)"라 한 것도 이연李淵이 세운 당나라임을 분명히 하기 위하여 '이당李唐'으로 썼던 것이다. 중국에는 무수한 당나라가 있었다.

우리나라의 경우도 마찬가지이다. 고조선古朝鮮이 있었고 위만조선衛滿朝鮮이 있었으며 이씨조선이 있었다. 더구나 현재 한반도의 북쪽에는 또 하나의 조선이 있다. 먼 훗날 역사가들이 "조선시대"라고 했을 때 어느 조선을 지칭하는지 밝힐 필요가 있을 것이다. 신라, 백제, 고려의 경우는 같은 이름의 나라가 없기 때문에 문제가 되지 않는다. 다만 드물게 고려와 고구려를 혼용한 예는 있다. 김종직金宗直 (1431~1492)의 「동도악부東都樂府」에 "朴堤上 自高麗還…(박제상이 고려로부터 돌아와…)"라는 기록이 있는데 여기서 '고려高麗'는 분명히 '고구려高句麗'이다. 박제상이 신라인이었기 때문이다. 이런 혼란을 피하기 위하여 역시 드물게 고려를 '왕려王麗'라 표기한 경우도 있었다. 왕씨王氏가 세운 고려를 '왕고王高'라 하지 않고 '왕려王麗'라 한 것은 아마도 고구려의 시조인 고주몽高朱蒙의 '高'자와의 충돌을 피하기 위함인 듯하다. 또 '왕고'란 말이 어감상 매끄럽지 못한 탓도 있었을 것이다.

결론적으로 말해서 이씨조선이란 명칭은 일제의 식민사관과는 아무런 관련이 없다. 이씨가 조선을 세워서 대대로 이씨가 왕 노릇한 것은 너무나 당연한 일이고 그러한 조선을 이씨조선이라 불렀을 뿐이다. 잘못된 선입견을 가지고, 이씨조선이라 말하는 사람을 마치 매국노 바라보듯 해서는 안 될 것이다. 다만 현재 조선이라는 명칭이 대부분의 경우 이씨조선을 지칭하고 있기 때문에 이씨조선을 그냥 조선이라 해도 큰 혼란은 없다. 그러니 글 쓰는 사람의 개성에 따라 '이조'라 표기하는 사람도 있고 '조선'이라 표기하는 사람도 있을 수 있는 것이다. 나는 오랜 습관에 따라 '이조'를 선호하는 편이다. 이 책에서도 이조라 표기했으니 독자들의 이해를 바란다.

3. 이 책의 성격에 대하여

이 책에 수록된 글들은 여기저기 발표했던 짧은 글들을 잡다하게 모아 놓은 것이지만, 나로서는 지금까지 발표했던 어떤 학술 논문보다 더 애착이 가는 글들이다. 그만큼 나의 생각이 강하게 반영되어 있고 나의 체취가 짙게 베어 있는 글들이다.

이 글들은 내가 처음 대학 강단에 선 1979년부터 지금까지 그때그때의 현실 문제에 대한 내 나름의 생각을 밝힌 것이다. 단 「성하盛夏의 나르시시즘」한 편은 1966년 대학교 4학년 때 『사상계思想界』 8월호에 발표했던 글이다. 지금 읽어보면 치졸하기 짝이 없지만, 공간公刊되는 월간지에 처음으로 실린 글이라 버릴 수도 없고 해서 여기 그대로 수록했다.

1979년이 어떤 해인가? 궁정동에서 박정희가 암살되던 해이다. 그리고 이듬해의 5·18 광주항쟁 이후 길고도 어두웠던 군사 정권이 이어졌는데, 이 책에 실린 글의 대부분은 이 시절에 씌어진 것들이다. 따라서 폭압적인 현실에 대한 비판의 성격을 띤 글들이 많다. 그래서 어떤 글은 계엄 당국의 검열에서 일부분이 삭제되어 복자伏字로 처리한 것도 있고, 편집자가 미리 알아서 검열에 걸리지 않을 정도로 수정하여 실린 글들도 있었다. 이 글들을 나의 원고와 대조하면 재미있는 비교가 될 터인데 아깝게도 원고를 보관하지 못했다. 나의 불찰이다.

또 어떤 글은 당시의 정치 문제, 사회 문제에 대하여 단 몇 마디로 꼬집은 것들이 있는데 지금 읽으면 당시의 구체적인 사건을 몰라서 애매한 부분도 있다. 독자들을 위하여 주註라도 달아서 당시의 사건을 제시하면 좋았겠지만 나 역시 기억이 나지 않아 그대로 두었다. 특히 「우리를 슬프게 하는 것들」 시리즈에 그런 경우가 많다.

「우리를 슬프게 하는 것들」은 내가 고등학교에 다닐 때 국어 교과서에 실렸던 글의 제목이다. 안톤 슈낙이던가 하는 외국 작가의 글인데, 그때 너무도 감격하며 읽었기 때문에 나도 모르게 제목을 차용하게 되었다. 때로는 「우리를 슬프게 하는 것들」이란 제목으로, 때로는 「우리를 못마땅하게 하는 것들」이란 제목으로 우리 사회의 비리를 폭로하려는 의도에서 썼던 글들이다. 그러나 사회의 비리를 폭로하려면 모름지기 노신魯迅을 배워, 중국 봉건 사회의 심장을 찌른 "비수와 투창"의 역할을 하는 글을 써야 할 터인데, 지금 읽어보면 나의 글은 한 번 따끔하고 마는 '바늘' 밖에 되지 못한 것 같다.

끝으로 문자향文字香 은은한 방에서 이 책을 만드느라 고생한 아름다운 두 사람, 조윤숙 양과 남현희 군에게 고마운 마음과 격려의 뜻을 함께 전한다.

2004년 1월 송재소

차례

제2부 우리를 슬프게 하는 것들

제3부 스승과 제자, 그리고 학교

제4부 아름다운 삶

제1부 다산茶山, 내 삶을 움직이는 스승

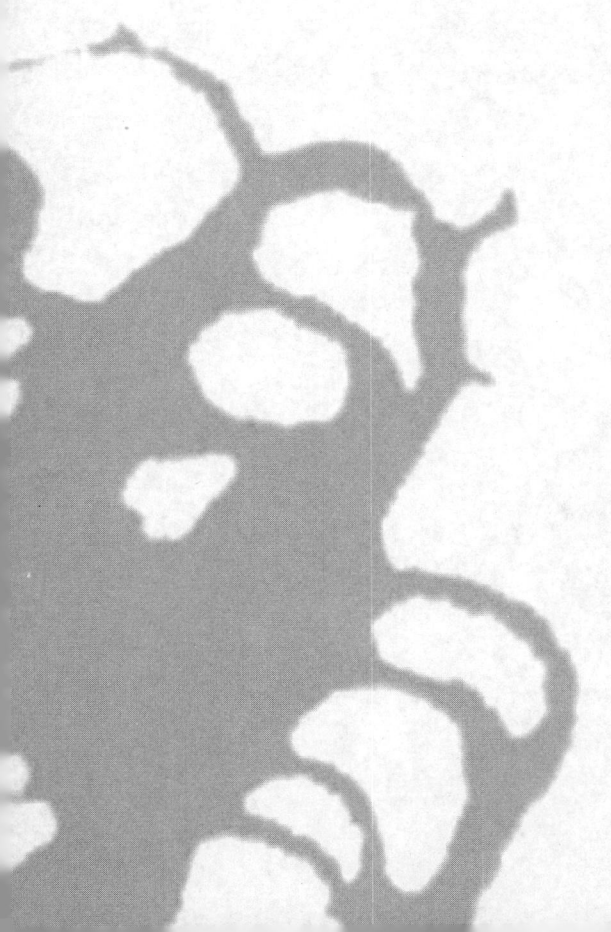

내 삶을 움직이는 책, 『여유당전서』

나의 직업이 책과 씨름하는 것이어서 나의 삶은 책과 숙명적인 인연을 맺고 있다. 그 중에서도 내 삶을 움직이는 책을 구체적으로 말하라면 다산茶山 정약용丁若鏞(1762~1836)의 『여유당전서』를 들지 않을 수 없다. 여기에는 그럴 만한 내력이 있다.

나는 대학 학부에서 영문학을 전공했는데, 졸업을 하고 나서 생각이 바뀌어 국문학 쪽을 기웃거리게 되었다. 아마도 우리의 것을 공부해야 되겠다는 막연한 사명감 때문이 아니었나 생각된다. 그때 내눈에 뜨인 것이 다산이었다. 널리 알려진 바와 같이 다산은 우리나라의 실학實學을 집대성한 위대한 학자이다. 그는 실학의 집대성자답게 다방면에 관심을 가져 정치 · 경제 · 역사 · 철학 · 문학 · 의학 · 교육학 · 군사 · 지리 · 자연과학 등 거의 모든 분야에 걸쳐 방대한 저술을 남겼다. 500여 권에 달하는 그의 저술 중에서 나의 관심을 끈 것은 시문학詩文學이었다. 나의 전공이 문학이었기 때문이다. 『목민심서』와 『경세유표』의 저자로만 알아 왔던 다산이 2,500여 수의 시를 남긴 훌륭한 시인이기도 했던 사실을 처음 알았다.

그리고 그때까지 주로 영시英詩를 읽어 왔던 나에게 다산의 시는 놀라운 충격을 안겨 주었다. 다산의 시에는 민족과 국가에 대한 뜨거운 정열이 응축되어 있었고, 함께 사는 이웃들에 대한 따뜻한 애정이 스며 있었다. 때로는 근엄한 스승의 목소리로, 때로는 불타는 혁명가의 몸짓으로, 때로는 다정한 시인의 속삭임으로 다산의 시는 나를 사로잡았다. 시와 더불어 『목민심서』와 논설 등을 읽어 가면서 다산에 매료된 나머지 급기야는 대학원 국문과에 진학하게 되었다. 그 후 다산시茶山詩의 연구로 석사학위, 박사학위를 취득했다. 그러니 『여유당전서』는 내 삶의 방향을 결정적으로 돌려 놓은 책이라 할 수 있다.

근 200여 년 전에 씌어진 다산의 시가 오늘의 나에게 감동을 주는 것은 그가 자기 시대를 철저히 살았기 때문이라고 생각한다. 자기 시대를 철저히 살았다는 말은 그 시대가 안고 있는 문제들을 외면하지 않고 과감히 맞부딪쳐서 그 해결책을 진지하게 모색했다는 말이다. 그 당시 한시漢詩는 자족自足한 사대부들의 최고급 오락이었다. 극단적으로 말하면 오늘날 돈 많은 사장 족들이 골프를 칠 줄 모르면 사장 사회에 끼일 수 없듯이, 양반 사회에서 행세하기 위하여 한시를 지었던 것이다. 따라서 대부분의 경우 음풍농월吟風弄月이 주류를 이루고 있었다.

그런 가운데서 다산은 농민의 아픔을 자기의 아픔으로 알고 고난에 찬 민중의 애환을 노래했다. 또한 이조李朝 사회가 안고 있는 제도적인 문제들, 구조적인 모순들을 시로 훌륭하게 형상화해 놓았다.

(1987)

다산의 농민시

다산 정약용의 『목민심서牧民心書』에 다음과 같은 글이 있다.

"노전蘆田에 사는 백성이 아이를 낳은 지 사흘 만에 군보軍保에 편입되고 이정里正이 소를 토색질해 가니 그 백성이 칼을 뽑아 자기의 생식기를 스스로 베면서 말하기를, '내가 이것 때문에 이러한 곤액을 받는다' 하였다. 아내가 그 생식기를 가지고 관청에 나아가니 피가 아직 뚝뚝 떨어지는데, 울기도 하고 하소연하기도 했으나 문지기가 막아 버렸다. 내가 듣고 이 시를 지었다."

"이 시"가 바로 유명한 「애절양哀絶陽」이다.

갈밭 마을 젊은 아낙, 울음도 서러워라
동헌東軒 향해 울부짖다 하늘에 호소하네

군인 남편 못 돌아옴은 있을 법도 한 일이나
예부터 남자 절양絶陽 들어 보지 못했노라

시아버지 죽어서 이미 상복 입었고
갓난아인 배냇물도 안 말랐는데
삼대三代의 이름이 군적에 실리다니

달려가서 억울함을 호소하려도
범 같은 문지기 버티어 있고
이정里正이 호통하여 단벌 소만 끌려갔네

남편 문득 칼을 갈아 방 안으로 뛰어들자
붉은 피, 자리에 낭자하구나
스스로 한탄하네 "아이 낳은 죄로구나"

잠실궁형蠶室宮刑 이 또한 지나친 형벌이고
민閩 땅 자식 거세함도 가엾은 일이거든

자식 낳고 사는 건 하늘이 내린 이치
하늘 땅 어울려서 아들 되고 딸 되는 것

말·돼지 거세함도 가엾다 이르는데
하물며 뒤를 잇는 사람에 있어서랴

부자들은 한평생 풍악이나 즐기면서
쌀 한 알, 베 한 치도 바치는 일 없으니

다 같은 백성인데 이다지 불공한고
객창에서 거듭거듭 시구편鳲鳩篇을 읊노라

　농민의 아픔을 자기의 아픔으로 알고 농민의 편에 서서 농민을 만
성적인 빈곤으로부터 해방시키려는 다산의 치열한 시 정신이 극명
하게 드러나 있다. 이 시를 가지고 시 이전의 시라느니, 문학의 자율
성이 파괴되었다느니, 사상이 불순하다느니 하고 떠들 사람은 없을
것이다. 이것은 다산이 그만큼 자기 시대를 정확히 인식했고 그것을
정직하게 형상화했기 때문일 것이다.
　물론 시인이 반드시 「애절양」과 같은 종류의 시를 써야 하는 것은
아니다. 풀벌레 우는 가을밤도 시의 소재가 될 수 있고, 혼자만 느끼

는 이름지을 수 없는 고독을 노래해도 된다. 그러나 시인이라고 해서 많은 사람과 나누어 가지는 사회 현실을 외면할 권리는 없다. 원고료가 오르고 연탄 값이 오를 때, 봉급이 인상되고 맥주 값이 오를 때, 이런 사실에 초연할 시인이 있겠는가?

일본에 나라를 빼앗겼을 때에도 초연한 자세로 '순수한' 문학 속에 자기 자신을 가두어 버린 작가, 시인들이 오늘날 어떠한 평가를 받는가를 생각해 보면 다산의 시는 우리에게 많은 점을 시사해 준다고 하겠다.

(1979)

백성을 머리에 이고

다산은 정조 21년(1797), 36세 되던 해에 곡산부사谷山府使로 나가게 되었다. 그가 곡산부사로 부임하기 전에 곡산에는 큰 사건이 발생했었다. 곡산의 백성 이계심李啓心이 난동을 부린 일이다.

당시 곡산의 사또는 가혹하게 세금을 거두어 백성들의 원성이 자자했다. 이에 이계심이 우두머리가 되어 1,000여 명을 모아 가지고 관官에 들어가 호소를 했는데 말이 공손하지 못하다고 하여 관에서 그에게 형벌을 내리려 했다. 그러자 1,000여 명이 이계심을 둘러싸고 대신 벌받기를 청하여 끝내 형벌을 내릴 수 없었다. 이렇게 되자 아전들이 곤장을 들고 백성들을 마구 쳐서 몰아내었고 이계심도 도망가 숨었다. 그 후 이계심을 잡기 위하여 백방으로 탐문했지만 끝내 잡지 못하고 있었다. 이 소문이 전국에 퍼져서 "곡산의 백성들이

들것에다 사또를 담아 내다버렸다"는 등의 유언비어가 돌고 있었다.

이때 다산이 곡산에 부임한 것이다. 부임하기 전 조정의 대신들은 다산에게 꼭 이계심을 잡아들이고 주동자 몇 명을 죽이라고 권고했다. 그런데 다산이 곡산 땅에 들어서자 전국에 지명수배되었던 이계심이 스스로 다산 앞에 나타났다. 그의 손에는 호소문이 들려져 있었는데 그 내용은 백성을 병들게 하는 12가지 조항이었다. 당장 체포하자는 주위의 건의를 뿌리치고 다산은 그를 따라오게 했다.

관청에 도착해서 이계심을 불러 앞에 세우고 말하기를,

"한 고을에 모름지기 너와 같은 사람이 있어 형벌이나 죽음을 두려워하지 않고 만백성을 위하여 그들의 원통함을 폈으니, 천 금은 얻을 수 있을지언정 너와 같은 사람은 얻기가 어려운 일이다. 오늘 너를 무죄로 석방한다."

하고 드디어 불문에 붙였는데, 다산의 판결은 그의 양심에 따른 것이었다. 조정 대신들의 압력도 뿌리치고 주위의 권고도 받아들이지 않았다. 또한 명문화된 법률 조문의 구차스러운 구속으로부터도 벗어났다. 어떻게 하는 것이 백성을 위하는 길이며 국가를 위하는 길인가를 깊이 생각한 끝에 내린 양심의 판결인 것이다.

다산은 이계심 사건 이외에도 각종 민사, 형사 사건에 대하여 명쾌한 판결을 내렸고, 이러한 능력이 평가되어 정조 임금으로부터 38세의 나이에 형조참의刑曹參議의 벼슬을 제수받았다. 형조는 지금의 법무부에 해당된다.

지난 수십 년 간 이 땅의 이계심과 같은 사람들이 어떠한 판결을 받아 왔는가? 불행하게도 법관들의 양심은 무시되었고, 청와대와 정보기관의 압력에 따라 형량이 결정되었다. 그러나 지금부터라도 사법부는 정의와 양심에 입각한 판결로 '천 금'보다 소중한 우리의 '이계심들'을 보호해야 할 것이다.

다산의 이러한 판결은 백성에 대한 깊은 애정이 전제되지 않고는 불가능한 일이다. 그가 강진에서 유배 생활을 하는 중에 심혈을 기울여 『목민심서』를 집필한 것도 굶주림과 착취로부터 백성들을 구하기 위해서였다. 그는 항상 백성의 편에 서서 백성의 이익을 위하여 사고하고 행동했다. 그는 『목민심서』에서, 지방 행정의 수장首長인 사또들의 기본 자세에 대하여, 상급자들이 아무리 무리한 요구를 해도,

"백성을 머리에 이고 싸우면 지지 않는다."

고 말했다. 백성을 머리에 이고 백성의 편에 서서 일을 처리하면 무서울 것이 없다는 말이다.

곡산부사로 2년 남짓 재직하는 동안 그는 백성들의 복리를 위하여 수많은 개혁을 단행했는데, 이 시절의 경험이 후일 지방 행정의 바이블이라 할 만한 『목민심서』의 저술에 큰 도움이 되었던 것 같다.

(2000)

이약동의 채찍

다산 정약용의 『목민심서』는 지방 행정의 일선 책임자인 지방 장관, 즉 수령守令들의 행정 지침서이다. 이 책에는 수령이 고을에 부임하는 날부터 퇴임할 때까지 수행해야 할 사항들이 빠짐없이 기록되어 있다. 그 중에서도 다산은 수령의 청렴을 가장 강조하고 있다.

예나 지금이나 한결같이 청렴은 공직자들의 절대명제絶對命題이지만, 다산이 특히 청렴을 강조한 것은, 수령 개개인의 인품이 백성들의 생활에 직접적인 영향을 미치기 때문이다. 훌륭한 인품을 지닌 수령의 청렴으로부터 합리적인 행정의 단서가 마련된다는 것이 다산의 일관된 견해이다. 그렇기 때문에 『목민심서』에는 본받을 만한 청렴한 수령과 본받지 말아야 할 부패한 수령의 실례가 무수히 기록되어 있다. 이 중에서 청렴한 수령의 예를 한 가지 소개한다.

"깨끗한 선비가 임기를 마치고 돌아갈 때는 행장이 조촐하여 초라한 수레와 파리한 말로 맑은 바람을 일으키니, 상자와 채농은 새것이 없고 구슬과 비단은 그 고장 토산품이 없다. 이것이 깨끗한 선비의 행장이다. 이약동李約東(1416~1493)이 제주 목사로 있다가 퇴임할 때 오직 말채찍 하나만을 가지고 떠났다. 조금 뒤에 이것도 섬의 물건이라 말하고 관청의 누각에 걸어 두고 떠났는데, 섬사람들이 소중히 간직하여 새 목사가 올 때마다 항상 걸어 놓았다. 오랜 세월이 지나 채찍이 낡으니, 고을 사람들이 채찍 걸어 두었던 곳에 이름을 붙여 그 뜻을 기리었다."

임기를 마치고 돌아갈 때 재임중 토색질한 재산을 바리바리 싣고 가는 수령이 대부분인 당시의 상황에서 이약동은 참으로 청렴한 선비라 할 수 있다.

다산이 수령의 청렴을 이토록 강조한 것은 극도로 부패한 당시 공직자들의 행태에 대한 반증이기도 하다. 그는,

"수령이 청렴하지 않으면 백성들은 그를 도적으로 지목하여 마을을 지날 때에는 욕하는 소리가 비등할 것이다."

라 하여 청렴을 강조했다. 심지어 그는 수령의 청렴을 여자의 순결

에 비유하기도 했다. 청렴하지 않은 수령은 순결을 잃은 여자와 같다는 말인데, 당시의 윤리 관념으로 볼 때 이 말은 수령에 대한 협박에 가까운 발언이다.

(2000)

유비劉備와 검찰

다산 정약용 선생이 쓴 『목민심서』에 다음과 같은 이야기가 실려 있다.

촉蜀나라의 선주先主(유비)가 한때 흉년으로 인하여 금주령을 내렸다. 형리刑吏가 어느 인가人家를 검색하여 술 빚는 기구를 발견하고는 실제로 술을 빚은 자와 같은 벌을 주려고 했다. 그때 간옹簡雍이 선주를 따라 노닐다가, 한 남자가 길가는 것을 보고 선주에게 말하기를,

"저 사람이 음란한 짓을 하려고 하는데 왜 체포하지 않습니까?"

하니 선주가,

"경은 그것을 어떻게 아는가?"

했다. 간웅이 말하기를,

"저 사람이 음란한 짓을 할 기구를 가졌으니 술 빚으려는 자와 같지 않습니까?"

했다. 선주가 크게 웃고 술 빚는 기구를 가졌던 자를 놓아주도록 명하였다.

이 이야기는 우리에게 여러 가지를 생각케 해 준다. 과연 유비라는 사람은 큰 인물이라는 생각이 먼저 든다. 신하가 옳은 말을 하면 그것을 받아들일 줄 아는 도량을 지닌 인물이다. 또 한 가지는 법의 운용 문제이다. 유비가 살던 중국의 삼국시대에 오늘날과 같은 정교한 법 이론이 발달했을 리가 없다. 그럼에도 불구하고 유비는 현행범이 아니면 체포하지 않는다는 원칙을 지키고 있다. 법은 최소한의 도덕률이란 것은 상식에 속하는 말인데 유비는 이 상식에 따라 행동한 것이다. 사실상, 법은 인간을 속박하기 위하여 만들어진 것이 아니고 인간의 자유를 보호하기 위하여 만들어진 것이리라. 그런데 법은 운용하기에 따라 인간을 속박하기도 하고 인간을 자유롭게 하기도 한다.

법과 관련된 또 하나의 유명한 이야기가 있다. 중국 진秦나라 이세二世 앞에 간신 조고趙高가 사슴 한 마리를 던지면서, "이것은 말

(馬)입니다"라고 했다. 이세가 여러 신하들에게 그것이 무엇이냐고
물으니 신하들은 사슴이라 답하기도 하고 말이라 답하기도 했다. 말
이라 답한 자들은 조고의 세력이 두려웠기 때문에 거짓말을 한 것이
다. 그 후 조고는 사슴이라 답한 자들을 모두 '법'에 따라 처벌했다.
진실을 말한 사람들이 소위 '법'에 의하여 희생된 대표적인 예라고
하겠다.

   법이란 이렇게 자칫하면 인간을 옭아매는 올가미가 되기 때문에
그 운용에 있어서 신중을 기해야 한다. 현대의 법 제도에 이중 삼중
의 인권보호 장치가 마련되어 있는 것은 이러한 이유 때문이라고 생
각된다.

   법을 조금도 모르는 문외한인 내가 법에 대하여 이러쿵저러쿵 건
방진 이야기를 한 것은, 최근의 대학생 무더기 구속 사태에 대하여
내 나름의 느낌이 있었기 때문이다. 신문보도에 의하면 서울 구로동
가두 연합시위 기도 사건과 관련하여 대학생 70명을 구속했다고 한
다. 이렇게 현행범이 아닌 '예비 행위자'를 대량 구속하게 된 검찰
측의 이유를 5월 6일자 석간신문은 다음과 같이 보도하고 있다.

   "시위는 발생하지 않았으나 이번 시위를 계획하고 배후 조종한
   세력이 제헌의회를 소집, 사회주의 국가 건설을 목표로 하고 있는
   민민투民民鬪였고, 13개 대학생들이 연합, 다량의 화염병 등 위험

한 시위용품을 준비해 극장이나 시장 등 다수 인파가 모이는 곳을 선택, 근로자들을 끌어들여 시위를 유발하려 했으며, 이들이 준비한 시위용품에 비추어 시위가 발생했을 경우 구로시장 일대가 불바다가 됐을 것이라는 위험성에 비추어 대량 구속한 것이다."

이 검찰 측의 이유를 읽노라면 그것이 구속 이유서라기보다 마치 판사의 판결문 같다는 느낌이 든다. 물론 학생들이 '사회주의 국가 건설'을 목표로 했고 구로시장 일대를 '불바다'로 만들 의도였다면 구속되어 마땅하고 또 응분의 처벌을 받아야 할 것이다. 그러나 검찰의 구속 이유는 어디까지나 개연성에 근거한 것에 불과하다. 개연성을 근거로 하여 70명이나 되는 학생을 대량 구속한 당국의 처사는 좀 지나치다는 인상을 준다. 더구나 그 대상이 학생이 아닌가! 배움의 과정에 있는 학생은 아직 완성되지 못한 존재이다. 미완未完의 인격체인 학생이라는 점을 감안한다면 구속 아닌 다른 방법으로도 처리할 수 있지 않았을까 하고 생각해 본다.

술 빚는 기구를 가진 백성을 개연성만으로 처벌하지 않은 유비와 간옹의 도량이 아쉽다. 그러한 도량과 아량을 가져야만 국민들이 검찰을 신뢰할 수 있을 것이다. 더구나 모 야당의 지구당 창당대회에서 각목을 휘두른 폭력범들을 검찰은 현장범인데도 체포하지 않았다. 그리고 그 후에도 각목 부대의 주범은 체포되지 않고 있다.

구로동 사태와 각목 사태에서 보여 준 검찰의 서로 다른 태도 때문에 행여나 수사 당국에 대한 국민들의 신뢰에 금이 가지 않기를 바라는 마음 간절하다. "책상을 '탕' 치니까 '억' 하고 쓰러졌다"는 식의 발표로 국민들을 분노케 했던 기억이 아직도 가시지 않고 있는 현 시점에서는 더욱 그렇다.

(1987)

도둑 이야기(1)

　　다산 정약용 선생의 대표적인 우화시寓話詩 「고양이」를 읽다 보면 그것이 200여 년 전의 일이 아니라 바로 오늘 우리의 현실이라는 착각을 느끼게 한다. 상당히 긴 시이지만 매우 재미있는 작품이기에 전문을 소개한다.

　　남산골 한 늙은이 고양이를 길렀더니
　　해묵고 꾀 들어 요망하기 여우로세

　　밤마다 초당에서 고기 뒤져 훔쳐먹고
　　작은 단지 큰 단지 마구잡이 깨뜨리네

어둠 틈타 교활한 짓 제멋대로 다하다가
문 열고 소리치면 형체 없이 사라지네

등불 켜고 비춰 보면 더러운 자국 널려 있고
이빨 자국 나 있는 찌꺼기만 낭자하네

늙은 주인 잠 못 이뤄 근력은 줄어가고
이리저리 궁리하나 나오느니 긴 한숨뿐

생각수록 고양이 죄 극악하기 짝이 없네
긴 칼 빼어 들고 천벌을 내릴거나

네놈이 생겨날 때 무엇하러 생겼더냐
너보고 쥐 잡아서 백성 피해 없애랬지

들쥐는 구멍 파서 여린 낟알 숨겨 두고
집쥐는 이것저것 안 훔치는 물건 없어

백성들 쥐 등쌀에 나날이 초췌하고
기름 말라 피 말라 피골마저 말랐다네

이 때문에 너를 보내 쥐잡이 대장 삼았으니
마음대로 찢어 죽일 권력 네게 주었고

황금같이 반짝이는 두 눈을 주어
칠흑 같은 밤중에도 올빼미처럼
벼룩도 잡을 만큼 두 눈 밝혔지

너에게 보라매의 쇠발톱 주었고
톱날 같은 범의 이빨 또한 주지 않았더냐

날으는 듯 치고 받는 날쌘 용기 네게 주어
쥐들은 너를 보면 벌벌 떨며 엎드려서
공손하게 제 몸을 바치지 않았더냐

하루에 백 마리 쥐 잡은들 누가 말리랴
보는 사람, 네 기상 뛰어나다고
입에 침이 마르도록 칭찬해 줄 뿐

너의 공로 보답하는 팔사제八蜡祭에도
누런 갓 쓰고 큰 술잔 바치잖느냐

너 이제 한 마리 쥐도 안 잡고
도리어 네놈이 도둑놈 되었구나

쥐는 본래 좀도둑, 피해 적지만
너는 기세 드높고 맘씨까지 거칠어

쥐가 못하는 짓 제멋대로 자행하니
처마에 올라가고 뚜껑 여닫고
심지어 담벽까지 무너뜨리네

이로부터 쥐들은 꺼릴 것 없어
들락날락 희희낙락 수염 쓰담네

쥐들은 훔친 물건 뇌물로 주고
태연히 너와 함께 돌아다니니

호사자好事者들 때때로 네 그림 그리는데
무수한 쥐떼들이 하인처럼 떠받들어

북 치고 나팔 불며 떼를 지어선

깃발을 휘날리며 앞장서 가네

너는 큰 가마 타고 거만 부리며
쥐들의 떠받듦만 즐기고 있구나

내 이제 붉은 활에 큰 화살 메겨
내 손으로 네놈들을 쏘아 죽이리

만약에 쥐들이 행패 부리면
차라리 무서운 개 불러 대리라

　쥐의 피해를 막기 위하여 고양이를 길렀더니 그 고양이가 쥐와 야
합하여 쥐가 끼치는 피해보다 훨씬 더 큰 피해를 끼친다는 내용의
시이다. 이 시를 여러 각도에서 해석할 수 있겠지만 일차적으로 남
산골 늙은이는 일반 백성에, 쥐는 도둑에, 고양이는 도둑 잡는 토포
군관討捕軍官에 각각 비유되어 있다고 볼 수 있다. 쥐를 잡는 것이 고
양이의 본분인데 그 본분을 망각하면 인간은 고양이와 쥐의 양면 공
격에 견딜 수가 없을 것이다. 마찬가지로 도둑 잡는 일을 본분으로
하는 토포군관이 도둑과 야합을 한다면 그 사회의 치안이 어떻게 될
것인가는 뻔한 일이다.

오늘날 우리의 사회는 어떠한가? 신문보도에 의하면, 빌딩 지하실에 무허가 성인용 오락 도박실을 차려 놓고 버젓이 영업을 하면서도 일 년 내내 단속 한번 받지 않은 사례가 있었다. 경찰의 일제 단속이 있을 때마다 미리 통보를 해 주고 그 대가로 업주로부터 정기적인 상납을 받아 왔다는 것이다. 뿐만 아니라, 인신매매범과 포주를 경찰이 적발하고서도 뇌물을 받고 풀어준 사례도 있었다.

이렇게 단속하는 자와 단속받는 자가 서로 짜고 한다면 천하에 못할 일이 없다. 역시 신문보도에 의하면, 어느 경찰관이 평소에 잘 알고 지내는 조직폭력배를 동원하여 장물아비를 납치, 폭행하고 장물을 강탈했다고 한다. 이쯤 되면 다산의 시에 나오는 고양이와 쥐의 야합과 다를 바 없다. 물론 신문에 보도되는 경찰의 비행이 경찰 전체의 비행은 아닐 것이다. 그야말로 '일부 몰지각한' 몇몇 경찰관의 소행일 뿐이다.

그럼에도 불구하고 우리가 이러한 일에 분노를 금치 못하는 것은 경찰에 대한 국민들의 뿌리깊은 불신감 때문이다. 언제부터인지 모르지만 경찰은 우리를 인도하고 우리의 재산과 생명을 보호해 주는 사람이란 인상과는 거리가 멀어지게 되었다. 말하자면 고마운 사람으로서의 경찰이라기보다는, 무서운 사람, 기분 나쁜 사람, 또는 가까이해서는 안 될 사람으로서의 경찰상이 먼저 머리에 떠오른다. 아마도 몰래 숨어 있다가 불쑥 나타나서 단속하고 돈을 뜯어 내는 교통경찰이나, 핑계만 있으면 트집을 잡아 손을 벌리는 경찰, 그리고 걸핏하면 잡아다가 고문하는 공안경찰들이 나쁜 경찰상을 심어 주는 데 크게 기여했으리라고 생각한다.

더구나 박정희, 전두환 정권을 거치면서 독재권력의 하수인으로 전락한 경찰은 이제 최루탄이나 쏘고 때로는 보도기자들이나 폭행하는 존재로 인식되기에 이르렀다. 아마 유치원이나 초등학교 어린이들에게 경찰 모습을 그림으로 그리라고 하면, 방독모를 쓰고 방패를 든 괴상한 몰골의 경찰을 그리는 학생이 없으리라는 보장이 없을 것이다. 어두웠던 제5공화국을 청산하고 민주화를 하겠다는 이 마당에서 정부는 국민들로 하여금 다산의 시에서와 같은 고양이를 기르고 있다는 느낌을 갖지 않도록 해 주기 바란다.

(1989)

도둑 이야기(2)

『목민심서』에 이렇게 쓰여져 있다.

"백성을 위해 해독을 제거하는 일은 목민관의 임무이니 첫째는
도적이요, 둘째는 귀신불이요, 셋째는 호랑이이다. 이 세 가지가
사라져야 백성들의 재앙이 없어질 것이다."

백성들의 첫번째 해독이 도적이라는 것이다. 물론 여기서 말하는
도적은 민간의 물건을 훔치는 좀도둑뿐만 아니라, 나라의 세금을 도
둑질하는 '큰 도둑'까지를 두루 가리키는 말이다. 좀도둑의 경우에
는 공직자가 중간에서 명령을 받들지 않기 때문에 생기는데, 그 실
상을 다음과 같이 기록하고 있다.

"중간에서 명을 받들지 않는다는 것은, 무릇 토포군관討捕軍官(지금의 경찰에 해당함)이 모두 도둑의 두령 격이란 말이다. 군관을 끼우지 않으면 도둑이 도둑질을 하지 못한다. 한길이나 큰 장터에 도둑을 몰아 놓아 안팎으로 호응하면서 빼앗고 훔친다. 도둑 단독으로는 도둑질을 할 방도가 없다.

부잣집과 형세 있는 집의 의복과 기물을 도둑이 훔친다고 해도 팔 길이 없으며 그것을 파는 것은 군관이다. 대개 장물 값이 10냥이면 도둑이 그 3냥을 먹고 군관이 그 7냥을 먹는 것이니 관례가 본래 그러하다.

새 도둑이 처음으로 그 패거리에 들어가면 으레 참알례參謁禮(일종의 신고식)를 행하게 되어 있어, 세 번 그 장물을 바치고 나서야 자기도 먹기를 꾀할 수 있는데 한 번이라도 어쩌다 혼자 차지했다가는 바로 관청으로 잡혀오게 된다. … 또 옥문獄門에서는 군관이 외부의 구원자가 되어 밧줄을 주고 사다리를 놓아 주어 도망가게 만들어 준다. 진영鎭營, 병영兵營의 모든 토포군관이란 자들은 양산박梁山泊의 두령이다."

위의 글은 이조 사회의 기강이 극도로 문란했던 19세기초의 한 단면이다. 도둑 잡는 일을 임무로 하는 토포군관이 도둑과 야합을 한다면 그 사회의 치안이 어떻게 될 것인가는 뻔한 일이다.

토포군관은 지금의 경찰관에 해당된다. 도둑을 잡아야 할 경찰이 도둑과 한통속이 되어 있으니 도둑을 잡을 길이 없다. 이런 기막힌 현상이 비단 다산 시대에만 있었던 일이 아님을 우리는 무수히 보아 왔다. 도대체 단속하는 자와 단속받는 자가 야합하면 도둑질과 같은 불법 행위를 막을 수가 없다. 그런데도 양자의 유착 관계는 다산 시대부터 지금까지 면면이 이어져 오고 있다.

이른바 '정현준 게이트'는 이러한 유착 관계의 한 단면에 불과하다. 금융감독원이란 무엇인가? 문자 그대로 금융기관의 업무를 감독하는 기구이다. 이 기구는 우리나라 1,600여 개 금융기관의 존폐를 결정하는 무소불위의 감독기관이다. 이 감독기관이 피감독기관인 동방금고, 대신금고로부터 뇌물을 받고 불법 영업을 묵인했다는 것이다. 남의 물건을 훔쳐야만 도둑이 되는 것이 아니다. 금융감독원과 동방·대신금고의 야합은, 토포군관과 도둑의 야합과 다를 바 없다. 이 야합의 고리를 끊기 전에는 작은 도둑, 큰 도둑의 해독으로부터 국민들을 보호할 방도가 없을 것이다.

(2000)

도둑 이야기(3)

다산 정약용이 쓴 「감사론監司論」이란 글에 다음과 같은 대목이 있다.

"어두운 밤에 담벼락에 구멍을 뚫고 잠근 고리를 벗긴 다음, 주머니를 더듬고 상자를 열어서 옷과 이불, 옥쟁반과 술잔 따위를 훔치거나 혹은 세발솥이나 가마솥을 떼 내어 도망치는 사람이 도적인가? 아니다. 이는 오직 굶주린 사람으로서 먹기가 급했던 자이다. 품에다 칼을 품거나 소매 속에 방망이를 감추고 길목에서 사람을 막아 소와 말과 돈을 빼앗고는 사람을 찔러서 말을 못하도록 죽여 없애는 자가 도적인가? 아니다. 이것은 오직 어리석은 자가 본성을 잃은 것이다."

다산은 이어서 남의 재물을 약탈해 가는 화적火賊들도 도적이 아니고 "사나운 자가 교화敎化를 못 받은 것"이라 했다. 그러면 어떤 것이 도적인가? 다산의 말을 더 들어 보자.

"여기에 큰 도적이 있는데, 큰 깃발을 세우고 큰 일산日傘으로 옹위하고 큰북을 치고 태평소를 불게 하고 쌍가마를 타고 옥로모玉露帽를 쓰고 따르는 자가 수십 명, 수백 명이며 여러 현縣과 역驛에서 안부를 묻고 영접하는 아전과 하인이 수십 명, 수백 명이 되고, 타고 가는 말이 백 필이고, 짐 실은 말이 백 필이고, 아름다운 의복에 밝게 단장한 계집이 수십 인이고…."

다산이 말하는 "큰 도적"의 부임 행차를 묘사한 대목이다. 이 도적은 다름 아닌 감사監司이다. 여기서 다산은 감사의 온갖 비리를 샅샅이 고발하고 다음과 같은 말로 이 글을 끝맺는다.

"이 도적은 야경꾼이 감히 심문하지 못하고, 집금오執金吾가 감히 잡지 못하고, 어사가 감히 공격하지 못하고, 재상도 감히 성토하는 말을 못하며, 포악한 짓을 마구 하여도 감히 힐책하지 못하며, 막대한 토지를 소유하고 종신토록 편하게 있어도 감히 나무라는 논의를 못하니, 이와 같은 자가 큰 도적이 아닌가? 큰 도적이다. 군자君子는 말하기를, '큰 도적을 없애지 않으면 백성을 다 죽이게 된다' 하였다."

다산이 오늘날 살아 있다면 어떤 자를 "큰 도적"으로 규정했을까? 아마 그는 다음과 같은 「신 도적론」을 썼을 것이다.

여기에 큰 도적이 있는데, 그가 지방으로 행차할 때는 경호원 4명, 비서 2명, 본부 간부 6, 7명을 대동하며, 지방 도시에 도착하면 도지사, 시장, 경찰 간부 등 수십 명이 나와서 영접하고, 그의 행차 때에는 이들이 탄 삼사십 대의 차량이 줄을 잇는다.

그가 회장으로 있는 새마을운동 중앙본부는 '작은 청와대' 라 불릴 만큼 막강한 권한을 행사하고 있어서 정부의 신임 장관도 신임 신고를 할 정도이고, 그를 면담하려면 적어도 일 주일 전에 신청을 해도 몇 시간씩 기다려서 겨우 5분 정도 만날 수 있을 뿐이다. 심지어는 비서실에서 면담 알선비로 5백만 원씩을 받는다는 이야기까지 나돌 정도이다.

그는 대통령의 동생이라는 신분을 이용하여 기업체들로부터 거액의 새마을 성금을 강제로 징수하는데, 법에도 없는 특별조세에 해당하는 이 성금을 기업주들은 '생존비용' 이라 부르고 있는 실정이다. 뿐만 아니라 이렇게 징수한 성금 중의 상당액을 개인이 착복하여 각 금융기관에 비밀 통장을 수없이 가지고 있다. 또한 그는 영종도에 새마을 연수원을 짓는다는 명목으로 현지 주민들을 협박하여 토지를 헐값에 매입하였으며 현지에 있는 분묘 일백여 기를 강제로 이장시키기도 했다.

이 도적은 경찰에서도 감히 손을 대지 못하고, 검찰에서도 감히 수사를 하지 못하고, 장관이나 국무총리도 감히 입을 열지 못하며, 국가의 법규나 절차를 무시하여 제멋대로 행동해도 아무도 그를 힐난하지 못하니, 이와 같은 자가 큰 도적이 아닌가? 큰 도적이다. 군자는 말하기를, "큰 도적을 없애지 않으면 백성을 다 죽이게 된다" 하였다.

언제나 '큰 도적'이 없는 세상에서 도적 걱정 없이 살 수 있으려나.

(1988)

도둑 이야기(4)

『목민심서』에는 도적에 관한 이야기가 많이 수록되어 있다. 예나 지금이나 도적은 백성들을 괴롭히는 천하의 공적公敵임에 틀림없다. 그러니 지방 행정의 지침서라 할 만한 『목민심서』에 도적에 관한 언급이 많은 것은 당연한 일이다. 그 도적 이야기 중에서 한 가지를 소개한다. 우선 『목민심서』의 내용을 인용한다.

어떤 관리가 한 도적을 심문하는데,

"네가 도적질하던 일을 말해 보라."

고 하니 도적이 짐짓 모르는 척하면서,

"무엇을 도적이라 합니까?"

라 했다. 그 관리가,

"네가 도적인데 그것을 모르느냐! 궤짝을 열고 재물을 훔치는 것이 도적이다."

하니 도적이 웃으면서,

"당신 말대로라면 제가 어찌 도적일 수 있겠습니까! 당신 같은 관리가 진짜 도적입니다. … (당신들의) 큰 저택은 구름처럼 이어지고, 노래와 풍악 소리는 땅을 울리고, 종들은 벌떼 같고, 계집들은 방 안에 가득하니, 이것이 참으로 천하의 큰 도적입니다. 땅을 파고 지붕을 뚫어 남의 돈 한 푼만 훔치면 곧 도적으로 논죄하고, 관리들은 팔짱을 끼고 높이 앉아 수만 금을 긁어모으면서도 오히려 벼슬의 명예는 잃지 않으니, 큰 도적은 불문에 붙이고 민간의 거지들과 좀도둑들에게만 죄를 묻는 것입니까?"

하고 말하니 그 관리가 즉시 이 도적을 놓아주었다.

참으로 통쾌한 장면이다. 좀도둑이 큰 도둑에게 훈계를 하고, 큰 도둑은 좀도둑 앞에서 쩔쩔매고 있다. 이렇게 큰 도둑이 좀도둑에게 꼼짝 못하는 것은 그만큼 지은 죄가 더 크기 때문일 것이다.

지금도 우리 주위에는 큰 도적들이 횡행하고 있다. 연일 신문 지면을 가득 메우는 공직자들의 부정과 비리를 보면 이들이 과연 큰 도적임을 확인할 수 있다. 이들은 마치 먹이를 사냥하는 맹수들처럼 탐욕스럽다. 70년대의 일이던가? 조세형이란 도적이 정부 고위 관리들의 집을 턴 일이 있었다. 그때 훔친 물건들은 일반인이 상상도 할 수 없는 값비싼 보석들이었다. 공직자의 신분으로 그렇게 큰 저택과 그렇게 값비싼 보석을 장만했다는 것도 문제이지만, 이들이 한결같이 도둑맞은 사실을 숨겼다는 것은 무엇을 말하는가?

다산 정약용은 이런 큰 도적들이 나라를 좀먹는다고 생각하여 평생을 이들과 싸웠다. 그런데 오늘은 누가 있어서 큰 도적들과 대항하여 싸워 줄 것인가?

(2000)

죽은 후, 꽃다운 이름을…

다산 정약용이 강진에서 16년째 유배 생활을 하던 1816년 5월, 그는 큰아들 학연學淵에게 한 통의 편지를 보냈다. 이 편지에서 그는 아들에게 삶의 자세에 대하여 자상하게 설명하고 있어서 오늘날 우리들에게도 많은 도움이 된다. 다산의 말을 종합하면 대략 다음과 같다.

천하에는 두 가지 삶의 기준이 있는데 하나는 시비是非에 따른 기준이고 또 하나는 이해利害에 따른 기준이다. 시비에 의한 기준은 무엇이 옳고(是) 무엇이 그른가(非)를 판단하는 기준이어서 공적公的이고 객관적인 기준이다. 반면에 이해에 의한 기준은 개인적인 차원의 것으로 자기에게 이익(利)이 되는가 손해(害)가 되는가를 판단하는 기준이다.

그리고 이 두 가지 기준으로부터 네 가지의 큰 등급이 파생된다. 구체적으로 말하면 옳은 것(是), 그른 것(非), 이익(利), 손해(害)의 조합에 의해서 세상을 살아가는 삶의 태도가 나뉘어진다. 첫째는 옳은 것을 지키면서 이익을 얻는 것(是-利)으로 가장 높은 등급이고, 둘째는 옳은 것을 지키다가 해를 입는 것(是-害)으로 그 다음 등급이다. 셋째 등급은 그른 것을 추종함으로써 이익을 얻는 것(非-利)이며, 넷째로 가장 낮은 등급은 그른 것을 추종하고 또 해를 입는(非-害) 경우이다.

이상이 아들에게 준 다산의 가르침이다. 그러면 다산 자신의 경우는 어떠했는가? 이제 몇 가지 구체적인 사례를 들어 그의 삶을 살펴보기로 한다.

유배당하기 전의 다산은 야심만만한 청년 관료로서 불의와 타협할 줄 모르는 강직한 성품의 소유자였다. 그는 33세 때 정조의 특명으로 경기도 연천 지방에 암행어사로 나간 적이 있었다. 순찰을 마친 다산은 전 연천현감 김양직金養直과 전 삭녕군수朔寧郡守 강명길康命吉을 논죄하여 법에 따라 처벌케 했다. 김양직은 지사地師로, 정조의 아버지인 사도세자의 능을 수원으로 옮기게 한 일로 왕의 신임을 받았고, 강명길은 정조의 어머니인 혜경궁惠慶宮 홍씨洪氏의 주치의를 지냈던 연고로 역시 임금의 총애를 받던 인물이었다. 다산이 이 두 사람을 탄핵하려 했을 때 주위에서는 그를 말렸다. 잘못하면 다산 자신이 다친다는 것이었다. 그러나 이 두 전임 수령들이 저지른 부정과 비리 때문에 백성들이 고통당하는 것을 목격한 다산은 자기의 뜻을 굽히지 않았다. 결국 두 사람은 처벌을 받았고 다산은 아무런 해를 입지 않았다. 옳은 일(是)을 해서 이익(利)을 얻지는 못했지만 해를 입지는 않았으니 제1등급의 삶을 산 셈이다.

그가 36세 때 곡산부사로 부임할 때의 일이다. 그가 곡산 땅으로 들어서니 그의 행차 앞에 이계심이란 자가 12개 조항의 호소문을 들고 나타났다. 이계심은 전임 부사 때, 그곳 백성 천여 명을 이끌고 관가로 가서 관의 부정에 항의하다가 도망쳐 그때까지 전국에 지명수배되었던 인물이었다. 이러한 그가 스스로 다산 앞에 나타난 것이다. 당장 체포하자는 주위의 권고를 물리치고 다산은 그를 무죄로 석방했다.

그는 이계심을 석방하는 것이 옳은 일(是)이라 생각했고, 자신이 생각하는 바에 따라 행동하여 아무런 해를 입지 않았다. 이 경우에도 그는 제1등급의 삶을 살았다고 할 수 있다. 이계심의 경우 역시 옳은 일을 하여 이익을 얻었으니 다산 못지 않게 훌륭한 삶을 산 셈이다.

사람이 세상을 살아가면서 옳은 일을 하며 해를 입지 않는다면,

나아가서 옳은 일을 하며 이익을 얻는다면, 그야말로 제1등급의 인생을 영위했다고 할 수 있을 것이다. 그러나 그러한 삶은 예나 지금이나 쉬운 것이 아니다. 다산만 하더라도, 옳은 일만 하려는 그의 강직한 자세는 현실과 타협하면서 살아가려는 사람들에게는 거북한 존재였다. 드디어 그는 1801년(순조 1) 반대파의 모함을 받아 40세의 나이로 정처 없는 귀양길에 올랐다.

이제 정치적 경륜을 펼칠 수 없는 처지임을 깨달은 그는 삶의 형태를 바꾸었다. 즉 유배 기간에 그는 실로 초인적인 의지를 가지고 학문 연구와 저술에 몰두했다. 역시 유배지에서 아들들에게 보낸 편지에서 그는 이렇게 말했다.

"나는 임술년(1801) 봄부터 오직 책을 저술하는 일에 마음을 기울여 붓과 벼루를 옆에 두고 밤낮으로 쉬지 않으며 일해 왔다. 그래서 한쪽 어깨가 마비되어 마침내 폐인이 다 되어 가고 시력이 아주 나빠져 오직 안경에만 의존하고 있다."

이렇게 그가 건강을 해치면서까지 저술에 몰두한 것은, 무엇이 옳고(是), 무엇이 그른가를(非) 후세에 남기고 싶었기 때문이었다. 그의 대표적 저술이라 할 수 있는 『목민심서牧民心書』, 『경세유표經世遺表』, 『흠흠신서欽欽新書』를 비롯하여 500여 권에 달하는 그의 저작들이 대부분 이 시기에 집필되었거나 구상되었다.

그는 강진 유배 시절에도 자신의 이해利害보다는 공적公的인 시비
是非를 우선적으로 생각했다. 당시의 실권자들에게 적당히 탄원하여
유배 생활을 끝내라는 주위의 권고를 단호히 거절한 데에서도 그의
확고한 의지를 읽을 수 있다. 즉 옳은 것(是)을 지켜서 해(害)를 입을
지언정 그른 것(非)을 추종하여 이익(利)을 얻는 짓을 하지 않겠다는
것이 그의 신념이었다.

그가 옳다고 생각하는 것의 기준은 언제나 백성의 이익이었다. 백
성에게 이익이 돌아가는 일을 옳은 것(是)의 최우선으로 삼았다. 그
가 『목민심서』에서 수령들의 청렴을 그토록 강조한 것도, 수령이 청
렴해야만 백성들이 행복하게 살 수 있다고 생각했기 때문이었다. 그
는 수령의 청렴에 대하여 다음과 같이 말했다.

"청렴은 수령의 본무인데 모든 선善의 원천이며 모든 덕德의 근
본이다. 청렴하지 않고 능히 수령 노릇할 수 있는 자는 없을 것이
다. … 수령이 청렴하지 않으면 백성들은 그를 도적으로 지목하여
마을을 지날 때에는 욕하는 소리가 비등할 것이다."

심지어 "선비의 청렴은 여자의 순결과 같다"고 말하기도 했다. 여
자가 순결을 지키듯 선비는 청렴을 지켜야 한다는 말이다. 당시의

윤리 관념으로 볼 때 이것은 선비와 수령에 대한 협박에 가까운 말이다. 그가 이토록 수령의 청렴을 강조한 것은 백성들의 이익을 위한 것이고 백성들의 이익을 위하는 것이 옳은 일(是)이라 여겼기 때문이었다. 그는 자신의 이익보다 백성들의 이익을 우선적으로 생각했다. 아들에게 보낸 편지에서 그는 또 이렇게 말했다.

"세상에서 의식衣食이나 재물은 다 부질없고 헛된 것이다. 옷이란 입으면 닳기 마련이고 음식은 썩고 만다. 자손에게 전한다 해도 끝내는 탕진되고 만다. … 무릇 재물을 몰래 간직하는 방법으로는 남에게 시혜施惠하는 것보다 더 좋은 방법이 없다. 남에게 시혜하면 도적에게 빼앗길 염려도 없고 불이 나서 타 버릴 염려도 없고 소나 말이 운반하느라 힘들 것도 없다. 그리하여 자기가 죽은 후 꽃다운 이름을 천 년 뒤까지 남길 수 있다."

재산을 축적하는 것이 개인적으로는 이익이 되겠지만 그것이 옳은 일(是)이 아니라고 생각했기에 아들들에게 간곡히 부탁한 것이다.

그는 이 말을 자신이 직접 실천하기도 했다. 그가 18년 동안의 귀양살이를 마치고 고향에 돌아와 보니 그의 아들이 재산 관리를 잘하여 그가 떠날 때보다 재산이 다소 늘었다고 한다. 이를 보고 그는 재산을 일일이 점검하여 원래 유배당할 때의 재산만 남겨 두고 나머지는 모두 친척들에게 나누어주었다고 한다.

한 자연인으로서의 다산은, 자애로운 아버지 노릇도 못했고 다정한 남편 노릇도 못했으며 물질적인 풍요도 누리지 못했다. 하지만 그가 옳다고 믿는 바에 따라 일관된 생을 살아 왔기에 오늘날 우리 모두의 가슴에 영원한 스승으로 남아 있는 것이다.

그리고 그의 일생을 통틀어 놓고 보면 그는 스스로 제시한 삶의 네 가지 등급 중에서 두번째 등급의 삶을 살았다고 할 수 있다. 왜냐하면 옳은 것(是)을 지키다가 18년간의 귀양살이라는 해를 입었기 때문이다. 동서고금을 막론하고 옳은 것을 지키려는 사람은 이利보다 해害를 입는 것이 인간 세상의 불문율이 아니던가!

(1995)

다산과 미신

다산은 환갑되던 해에 자식들에게 남기는 유언장을 하나 작성했다. 이 유언장의 내용은 대부분 자신이 죽은 후의 장례 절차에 관한 것이었는데, 그 중에 이런 구절이 있다.

"집의 동산에 매장하고 지사地師에게 물어 보지 말 것이다."

다산의 아들은 아버지의 유언에 따라 집 바로 뒤에 있는 조그마한 동산에 매장했다.

한평생 민족과 국가를 위하여 살다 간 다산은 철저히 객관적이고 합리적인 사고의 소유자였다. 그의 유언장에서 볼 수 있듯이 그는 풍수지리설을 단호히 배격했다. 그는 이렇게 말한 바 있다.

"지사地師의 아들이나 손자로서 홍문관 교리나 평안도 관찰사가 된 사람을 몇이나 볼 수 있는가? … 재상으로서 풍수설에 빠져 여러 번 부모의 묘를 옮긴 사람 치고 자손 있는 사람이 거의 없고, 사대부와 서민으로서 풍수설에 빠져 여러 번 부모의 묘를 옮긴 사람 치고 괴이한 재앙을 받지 않은 사람이 없다."

그는 비과학적이고 비논리적인 일체의 속설들을 믿지 않았다. 손목의 맥을 짚어서 병을 진단하는 진맥법이 정확하지 못하다는 사실을 설파했으며, 갑자甲子·을축乙丑을 따져 그것으로 택일하고 그것으로 사람의 사주를 보고 그것으로 길흉을 점치고 그것으로 수명을 예측하는 등의 행위도 근거 없는 짓이라고 말했다. 또한 그는 사람의 얼굴 모양을 보고 운명을 점치는 관상법觀相法도 믿어서는 안 된다고 했다. 그는 관상법의 불합리한 점을 일일이 지적하고 나서 다음과 같이 말했다.

"관리나 서민이 관상법을 믿으면 직업을 잃게 되고, 높은 벼슬아치가 관상법을 믿으면 그 친구를 잃게 되고, 임금이 관상법을 믿으면 그 신하를 잃게 된다."

다산이 살았던 시대로부터 근 200여 년이 지난 오늘날 이 땅의

우리들은 어떠한가? 부모가 돌아가시면 여전히 지사에게 물어서 묏
자리를 정하고, 이사를 할 때에는 소위 '손 없는 날'을 택해서 짐을
옮긴다. 어디 그뿐인가, 미아리 고개 근처에는 수를 헤아릴 수 없이
많은 점쟁이들이 '철학관'이란 간판을 내걸고 버젓이 성업중이다.
이렇게 온갖 잡술이 횡행하는 시대에 새삼 다산의 말씀이 더욱 절실
하게 가슴에 다가온다.

(2000)

발정전拔釘錢

70년대에 농담으로 주고받던 말 가운데, "이 세상에서 가장 무서운 존재는 기자와 세리稅吏와 경찰이다" 하는 말이 있다. 이것을 줄여서 사람 이름처럼 '기세경'이라 부르기도 했다. 지금도 '기세경'이 사람들에게 공포의 대상이 되는지 어떤지는 모르겠지만, 한 가지 분명한 사실은 유독 세무관리만은 옛날의 위력을 그대로 지니고 있다는 점이다. 하기야 세무관리는 성경의 구약시대부터 줄기차게 지탄의 대상이 되어 왔으니 그렇게 새삼스러울 것도 없다. 그래서 자고로 세금과 세리를 둘러싼 일화도 수없이 많다. 그 중에서 다산 정약용이 쓴 『목민심서』에 실려 있는 일화 하나를 소개한다.

옛날 중국에 조재례趙在禮란 자가 어떤 고을의 원님으로 있었는데, 포악하고 탐욕스러운 사람이어서 고을 백성들이 치를 떨었다.

얼마 후에 그가 다른 고을로 전임되자 백성들은 크게 기뻐하며 말하기를 "눈에 박힌 못을 뽑은 것 같다"고 했다. 조재례가 이 말을 듣고 스스로 요청해서 다시 전 고을로 부임해 왔다. 그리고 모든 고을 사람들에게 1천 전씩의 돈을 징수하고 이름하여 '발정전拔釘錢'이라 했다. '발정전'이란 '못을 뽑은 돈'이라는 뜻으로, 말하자면 못을 뽑아서 시원하게 해 준 대가로 내는 세금인 셈이다. 이쯤 되면 가히 탐관오리의 극치라 할 수 있다. 그러나 이 이야기가 아라비안 나이트의 이야기처럼 먼 나라 남의 일로만 들리지 않는 것은 웬일일까?

오늘날 우리는 세금에 포위당해 살고 있다고 해도 과언이 아니다. 직접, 간접으로 우리가 내는 세금의 종류가 얼마인지도 모른다. 세금을 부과하는 기준과 방법도 너무나 복잡해서 세무사가 아니면 알 수 없게 되어 있다. 또 세금은 무서운 강제성을 지니고 있어서 그 앞에서는 누구도 꼼짝할 수가 없다. 세무조사를 한다고 하면 산천초목도 벌벌 떠는 이유가 여기 있다. 아마 중국의 그때 그 사람들도 꼼짝없이 '발정전'을 납부했을 것이다. 이렇게 무서운 것이 세금과 세리이다.

그러니 그 세금이 정당하게 집행되지 않거나 세리에 의해 착복될 때 세금을 낸 국민들의 분노가 어떠하겠는가? 요사이 떠들썩한 인천시 북구청 세무관리들을 보는 우리의 감정은 착잡하기만 하다. 세무관리가 공포와 미움의 대상이 아닌 다정한 이웃으로 인식될 날이 언제 올 것인가?

(1994)

제2부 우리를 슬프게 하는 것들

왼손과 오른손의 싸움

구한말, 일제시대의 애국지사였던 단재丹齋 신채호申采浩(1880~ 1936) 선생이 쓴 『꿈하늘』이란 소설이 있다. 이 소설은 한 고독한 민족주의자가 민족의 참다운 자주 독립을 향하여 각성해 가는 정신적 편력 과정을 환상적 수법으로 그린 작품이다. 우의적寓意的인 작품이기 때문에 비현실적인 요소가 많지만 그 첫 부분은 우리에게 시사해 주는 바가 크다.

이 소설의 주인공 한놈은 일제에 나라를 빼앗긴 망국민의 한 사람으로서 무슨 일을 어떻게 해야 할지 모르고 방황하던 중, 허공으로부터 들려 오는 무궁화와 을지문덕의 말을 듣고 투쟁 의식에 고취된다. 즉 나라를 되찾기 위해서는 일제와 투쟁하는 길밖에 없다는 생각을 하게 된 것이다. 그러나 아직은 미숙한 상태에서 투쟁 의식만

앞선 한놈의 오른손과 왼손이 서로 싸움을 시작한다. 두 개의 손이 치열한 싸움을 벌여도 승패가 나지 않자 이를 보고 있던 무궁화가 다음과 같이 충고해 준다.

"싸우거든 내가 남하고 싸워야 싸움이지, 내가 나하고 싸우면 이는 자살이요 싸움이 아니니라. … 그리스는 지방열地方熱로 강국의 자격을 잃었고 인도는 부락사상部落思想으로 망국의 화를 얻었느니라."

이 무궁화의 말을 듣고 한놈은 참다운 투쟁이 무엇인가를 깨닫게 된다. 지금 우리나라의 지역간의 대립도 한놈의 오른손과 왼손의 싸움과 다를 바 없다. 무궁화의 말처럼 이것은 스스로를 자멸에 이르게 하는 자살 행위의 단적인 예이다.

한놈이 살았던 시대의 일본과 같은 뚜렷한 투쟁 대상은 없지만, 오른손과 왼손이 힘을 합하여 대항해야 할 상대는 지금도 엄존하고 있다. 우리의 친구라고 믿었던 미국마저도 우리에게 경제적 압력을 가하고 있지 않은가! 미국 담배의 수입을 개방하라는 압력에 못 이겨 수입 개방을 하고 나니 이번에는 미국 담배의 시판 가격을 낮추라고 협박하고 있다. 또 미국산 쇠고기의 수입을 개방하라고 으름장을 놓고 있기도 하다. 이러한 상황에서 오른손과 왼손의 싸움을 더 이상 계속해야만 하겠는가? 비단 영·호남의 당사 지역 주민 상호 간의 자중자애뿐만 아니라 우리 모두 서로의 마음을 열고 참다운 화합의 장場을 열어 나가려는 노력이 절실히 요청되는 때이다

　다가오는 새봄, 또다시 오른손과 왼손의 싸움으로 남에게 또 다른 어부지리漁父之利를 얻게 하는 우愚를 범하지 말아야 하겠다.

(1988)

준법투쟁

지난 5월 1일은 법法의 날이다. 법의 날을 제정한 것은 모든 국민이 법을 잘 지키게 하려는 의도에서 나왔을 것이다. 법치국가에서 국민들이 법을 준수하는 것은 너무나 당연한 일이다. 그런데 법을 잘 지키겠다고 했기 때문에 문제가 된 일이 있었다. 시내버스 기사들이 차주들과의 임금 협상 과정에서 준법투쟁을 하겠다고 나선 것이다. 그때 운전기사들이 내세운 준법투쟁의 내용은 다음과 같다.

배차 간격을 엄격히 지키고 안전 운행을 위하여 기사들의 휴식 시간을 확보하겠다는 것, 정류장 질서를 바로 잡겠다는 것, 그리고 추월을 하지 않고 차선 위반을 하지 않겠다는 것 등이다.

너무나 당연한 말이다. 그러나 너무나 당연한 이 말에 당황한 것은 협상 당사자인 차주들만이 아니었다. 교통 행정을 관장하는 당국자들을 더 곤혹스럽게 했다. 만일 기사들의 선언대로 준법투쟁을 하게 되면 서울 시내의 교통이 일대 혼란에 빠질 것이 분명하기 때문이다. 그렇다고 법에 따라 운행하겠다는 것을 나무랄 수도 없는 일이다.

준법이 투쟁의 수단으로 이용되는 기막힌 현상이 벌어지게 된 현실에서 우리는 무엇을 읽을 수 있는가? 이것은 그동안 얼마나 많은 탈법과 위법이 자행되어 왔는가를 반증하는 것이다. 물론 탈법 운행을 해 온 운전기사들에게 일차적인 책임이 있지만 이것을 눈감아준 행정 당국도 책임을 면할 수는 없을 것이다.

얼마 전 시내버스 기사들이 총파업을 하겠다고 발표했을 때 당국은 그 대비책의 하나로 파업 기간 중 택시 합승을 허용하겠다고 했다. 이 말을 듣고 웃지 않은 사람은 없었을 것이다. 아마 지나가는 개도 웃었을 것이다. 이 웃음은 법을 제대로 집행하지 않은 당국에 대한 비웃음이다. 평소 택시 합승이 허용된 사항이 아니었으면 일상적으로 법에 따라 단속을 했어야 하지 않은가? 또 한 가지 우스운 일은 용달차의 요금계산기이다. 용달차를 이용해 본 적이 있는 사람은 알겠지만 이 요금계산기는 순전히 장식용이다. 당국이 이 점을 모를 리 없을 텐데 용달차의 요금계산기는 여전히 장식물 이상의 기능을 못하고 있다. 목욕탕에서 목욕료를 인상하자 당국은 위생검사를 하겠다고 발표했다. 당국이 목욕료를 인하하기 위한 수단으로 위생검사를 하겠다고 한 것은, 목욕탕의 위생 상태가 평소 적법한 수준에 미치지 못한다는 사실을 알고 있었다는 것을 의미한다. 그렇다면 평소에는 왜 위생검사를 하지 않았는가? 설령 위생검사를 했더라도 적당히 눈감아주었다는 것이 아닌가?

국민들이 법을 지키는 것도 중요하지만 법을 집행하는 사람들이 자신의 임무를 충실히 수행하는 것도 중요한 일이다. 법에 대하여 전혀 문외한인 내가 법 타령을 늘어놓는 것은, 상식적으로 이해하기 힘든 일이 주위에서 너무나 많이 일어나고 있기 때문이다. 두산전자의 페놀 방류만 하더라도 좀처럼 납득하기 어렵다. 산업체의 모든 공장에서 공해 방지 시설을 제대로 가동시키지 않는다는 것은 공공연한 사실인데 어찌하여 이런 사태에 이르기까지 방치하고 있었는가? 대학생들의 시위 진압에 투입하는 금력과 인력만 동원해도 환경오염이 이렇게까지 심각하지는 않을 것이다. 원진레이온의 노동자들이 독한 가스 때문에 죽어 가고 있는데도 이를 제대로 감독하지 못했다면 그 담당자는 직무유기라는 법에 저촉되어야 할 것이다.

참으로 알 수 없는 것이 법이다. 막상 단속해야 할 것은 관련 법규가 없어서 못한다 하고, 관대하게 처리할 수 있는데도 법의 이름으로 가혹하게 제재를 가하는 경우를 우리는 무수히 보아 왔다. 임수경 양은 평양에 갔다고 해서 법의 심판을 받고 있는데, 현대그룹의 정주영 씨는 똑같이 평양에 갔어도 법의 밖에 서 있다.

법 해석과 법 적용의 절차를 물론 나는 모른다. 그러나 법이란 것이 상식과 사회 정의와 도덕률에 크게 벗어나서는 안 된다고 생각한다. 그리고 국민들에게만 법을 지키라고 강요할 것이 아니라 법을 집행하는 자들도 법에 따라 임무를 수행해 주기 바란다. 그렇다고 해서, 유신헌법도 법이니까 지켜야 한다는 식의 고착적이고 기계적인 법 집행을 바라는 것은 아니다.

법의 날에 생각나는 점 몇 가지를 적어 보았는데, 법을 전공하는 분들의 웃음거리가 되지 않을까 염려스럽다.

(1991)

최루탄과 화염병

　지난 5월 27일 국회 본회의는 '화염병 등의 사용에 관한 법률안'을 통과시키고, 역시 본회의는 29일 '폭력 추방 결의안'을 통과시켰다. 국민의 대의기관인 국회가 이렇게 서둘러 폭력 추방에 대한 결의를 표명한 것을 보면 작금의 폭력 문제가 심각하다는 생각이 든다. 그러나 다시 생각해 보면 무언가 본말이 전도되었다는 느낌을 떨쳐버릴 수 없다. 상기 법률안과 결의안은 국민들의 폭력 행사를 규제하기 위하여 만들어진 것이다. 그것도 국민들 상호간의 폭력이 아니라 공권력에 대한 국민들의 폭력을 규제함을 그 목적으로 하고 있다. 이것은 막강한 힘을 가진 국가 권력이 국민들의 폭력에 의하여 위협을 받고 있다는 이야기이다. 말이 안 되는 소리이다. 우리나라 국민들은 법에 의하여 무기를 소지할 수 없게 되어 있다. 이렇게 무기도 들지 않은 국민들이 무슨 큰 폭력을 행사한다고 야단스럽게 법률을 제정한다는 것인가?

여기서 국가 권력과 국민 사이에 발생하는 폭력에 대하여 다시 한 번 생각해 보지 않을 수 없다. 국민의 존경을 받는 훌륭한 사람이 지도자가 되는 경우에는 국가 권력과 국민 사이에 폭력이 개입하지 않을 것이다. 지도자가 국민의 지지를 얻지 못하고 독재를 획책하려 할 때는 어느 쪽에 의해서든 폭력이 발생하게 된다. 우리나라는 역사적으로 볼 때, 국민에 의한 폭력보다는 국가 권력에 의한 폭력이 더 많고 심했다.

해방 직후의 혼란기를 거쳐 이승만 정권이 들어서고 정권 연장을 위한 갖가지 음모가 판을 칠 때 소위 권력형 폭력이 국민을 멍들게 했다. 정치 깡패인 임화수, 이정재의 폭력이 그 대표적인 예이다. 박정희 정권은 '긴급조치'라는 폭력 장치를 가지고 국민들에게 폭력을 행사했다. 이승만의 폭력은 하수인을 통한 간접적 폭력인데 반하여 박정희 정권은 국가 권력을 직접 폭력 도구로 이용했다. 이러한 폭력 앞에서 국민들은 일방적으로 당할 수밖에 없었다. 박 정권하에서 얼마나 많은 사람들이 이 폭력의 희생물이 되었던가.

전두환 정권 역시 유감없이 폭력을 행사했다. 그러나 국민들도 이제는 일방적으로 당하고만 있을 수는 없었다. 이승만과 박정희를 퇴진시키면서 성장한 민주 역량에 힘입어 적극적인 방법으로 독재정권에 대항하게 된 것이다. 이 방법 중의 하나가 바로 화염병이다. 화염병은 조직적인 국가 권력의 폭력에 대항하는 상징적인 도구이다. 물론 화염병 사용이 정당하다는 말은 아니다. 화염병을 던지지 않고 평화롭게 살 수 있는 상황을 만들기 위한 가장 이상적인 방안은, 국가 권력에 의한 유형有形, 무형無形의 폭력을 추방하는 것이다. 그러니 정작 먼저 만들어야 할 것은 화염병 관련법이 아니라 공권력에 의한 폭력 추방법이다.

또한 현행 집시법集示法, 폭력 행위 등 처벌에 관한 법률, 특수 공무집행 방지법 등으로 충분히 규제할 수 있는데도 '화염병법'을 또 제정한다는 것은 법 체계상으로도 모양이 좋지 않다. 이것은 마치 지난날 국가보안법 위에다 반공법을 또 만든 것과 같다. 역대 정권이 반공법을 악용하여 어떠한 짓을 했는가를 상기해 보라. 생각만 해도 소름이 끼치는 일이다. '화염병법'을 이와 같은 차원에서 생각한다면 지나친 상상력의 비약일까? 법률에 대한 지식이 없는 필자로서는 단정할 수 없지만 상식적으로 생각해서 인간의 행동을 옭아매는 법률을 자꾸 제정하는 것이 좋을 리는 없을 것이다.

그러나 기왕에 '화염병 등의 사용에 관한 법률'이 제정되었다면 이 법률과 표리의 관계에 있다고 할 수 있는 '경찰관 직무집행법 개정안'도 다시 개정되어야 한다고 생각한다. 이번에 개정된 경찰관 직무집행법은, "자기 또는 타인의 생명, 신체와 재산 및 공공시설 안

전에 대한 중대한 위해 발생을 억제키 위해 부득이한 경우, 현장 책임자의 합리적 판단 아래 신체에 직접 위해를 가하지 않는 범위에서 최루탄을 사용할 수 있도록" 규정하고 있다. 여기에 "부득이한 경우"가 아닌 경우에 최루탄을 사용하거나 최루탄으로 인하여 신체에 직접 위해를 가했을 때 담당 경찰관을 처벌할 수 있는 조항을 추가해야 할 것이다. 이렇게 주장하는 이유는 그동안 너무나 많은 사람들이 최루탄 폭력에 희생되었기 때문이다.

직격탄을 맞아 사망한 경우도 있고 뇌수술을 받은 후 정신이상이 되거나 식물인간이 되어 버린 사례를 우리는 너무나 많이 보아 왔다. 화염병과 최루탄을 단순히 대비시킨다면 화염병에 의한 피해보다는 최루탄에 의한 피해가 엄청나게 큰 것이 사실이다.

(1989)

큰 정치

『맹자』에 이런 이야기가 있다. 중국 춘추시대 정鄭나라의 유명한 재상인 자산子産이 어느 날 수레를 타고 가다가 백성들이 걸어서 강을 건너는 것을 보고 이를 불쌍히 여겨 자기의 수레에 태워 건네주었다. 백성을 사랑하는 마음에서 나온 행동이다. 그런데 맹자는 정자산의 행위에 대하여 다음과 같이 말했다.

"자산은 은혜스럽기는 하나 정치를 할 줄 모른다. 11월에 인도교人道橋가 완성되고 12월에 차교車橋가 완성된다면 백성들이 물 건너는 것을 근심하지 않게 될 것이다. 군자가 정치를 공평하게 한다면 길을 가면서 오가는 사람들을 좌우로 물리치고 다녀도 괜찮을 것이다. 어떻게 사람마다 일일이 다 건네줄 수 있겠는가. 그러므로 정치하는 사람이 모든 사람을 다 기쁘게 해 주려고 한다면 날마다 그 일만 하여도 모자랄 것이다."

한 나라의 정치를 담당한 자는 조그마한 인정이나 감상적인 기분에 좌우되어서는 안 된다는 것이 맹자의 논지이다. 또한 맹자의 말 속에는, 진실로 백성을 위하는 정치를 하려면 근본적인 문제를 먼저 해결해야 한다는 뜻이 내포되어 있다. 자기의 수레로 백성을 건네주는 것도 좋은 일이긴 하나, 한 나라의 재상이 날마다 그 일만 할 수는 없는 노릇이다. 설사 날마다 그 일만 한다고 하더라도 혜택이 백성들 모두에게 고루 미치는 것은 아니다. 백성들의 강 건너는 고통을 덜어 주려면 다리를 놓아야 한다는 말이다.

우리는 맹자의 이 말을 음미해 볼 필요가 있다. 맹자의 말은 오늘날에도 생명력을 지닌다고 생각되기 때문이다. 추운 겨울날 길거리에 앉아서 얼어터진 손을 내밀고 구걸하는 걸인에게 인간적인 동정심으로 인하여 동전 한 닢을 던져 주지 않을 수 없지만, 이렇게 해서 걸인의 문제가 해결되리라곤 생각하지 않는다. 해마다 많은 사람들이 구세군의 자선 냄비에 적선을 하고, 불우 이웃을 돕기 위한 운동에 성금을 내는데도 불우한 이웃은 왜 없어지지 않는가? 신문에 난 소녀 가장에게 격려금을 보내는 것은 아름다운 일이다. 그러나 신문에 나지 않은 소녀 가장들은 얼마나 많을 것인가? 개인적으로 불우한 이웃에게 물질적인 동정을 베푸는 것은 결국 동정을 베푸는 개인의 자기 위안일 수밖에 없지 않은가?

그렇다면 불우한 이웃의 문제는 어떻게 해결해야 하는가? 사회적으로 해결하는 수밖에 없다. 사회적으로 해결한다는 말은, 정치가들이 정치를 잘 해야 한다는 말이다. 높은 분이 불우한 사람들에게 '금일봉'을 내리는 식의 행동은 맹자의 말과 같이 "은혜스럽긴 하나 정치를 할 줄 모르는" 것이다. 불우한 이웃이 생기지 않도록 그 바탕을 마련해 주는 것이 참다운 정치이고, 이것이야말로 '큰 정치'가 아닐까? '여의도 상설 무대'에서 권투선수처럼 싸움만 하는 정치가들은 맹자의 말에 귀를 기울여 한 번만이라도 '큰 정치'를 생각해 보기 바라는 마음 간절하다.

(1986)

부활된 지방 자치

지방자치 제도를 '민주주의의 꽃'이라고 한다. 민주주의를 실현하기 위한 제도적 장치가 무수히 많지만, 지방자치 제도를 민주주의의 꽃이라고 말하는 이유는, 지방자치 제도를 통해서 민주주의가 그세부에 이르기까지 완벽하게 실현될 수 있기 때문이다.

가장 소박하게 말해서 민주주의는 개개인의 개성을 존중하는 제도이다. 사람들은 제각기 독특한 개성을 지니고 있는데 사회의 질서를 파괴하지 않는 범위에서 개인의 개성을 최대한 존중해 주는 것이 민주주의의 원리이다. 이와 마찬가지로 각 지역간에도 지역적 특성이 있다. 그 지역이 처한 지리적 환경이나 역사적 조건 등에 따라서 다른 지역과는 구별되는 그 지역 나름의 개성이 있기 마련이다. 그리고 사람의 개성이 존중되어야 하듯이 이 지역적 개성도 존중되어

야 한다. 또한 개인의 개성을 존중하지 않는 사회가 전체주의 사회
이듯이 지역의 개성이 존중되지 않는 사회도 진정한 민주주의 사회
라고 할 수 없다. 지방자치 제도의 완벽한 실시가 민주주의 완성에
기여하는 바는 이같이 큰 것이다.

1961년 5·16 군사 쿠데타에 의해서 폐지된 지방자치 제도가 근
30여 년 만에 부활된 것은 이런 의미에서 매우 다행한 일이다. 지역
민들이 뽑은 의원들로 각종 지방의회가 구성되어 지금 활발한 의정
활동이 전개되고 있다. 아직은 초보 단계이고 단체장 선거가 실시되
지 않고 있는 실정이어서 다소의 부작용이 없는 것은 아니지만 차츰
뿌리를 내려 갈 것이라 확신한다.

그런데 최근 정부는 금년 6월 30일까지 실시하기로 되어 있는 지
방의회 단체장 선거를 1995년 이후로 연기한다고 발표했다. 단체장
선거가 사회·경제에 미치는 영향 때문이라는 것이 연기의 이유이
다. 금년 초에 제14대 국회의원 선거가 있었고 올 12월에 대통령 선
거가 실시되는데 지방의회 단체장 선거까지 하게 되면 1년에 선거를
3차례나 치르게 되어 사회적, 경제적 손실이 크다는 것이다.

그러나 우리는 정부의 연기 결정에 찬성할 수 없다. 첫째는, 단체
장 선거를 통하여 지방자치 제도의 틀을 완성하는 것이 옳은 일이라
면 이를 늦출 필요가 없다는 생각이다. 설령 단체장 선거 때문에 사
회·경제적 손실이 다소 있다고 하더라도 이것은 더 큰 발전을 위한

대가로 감수해야 할 것이다. 장기적인 안목으로 보면 오히려 경제 발전에 도움이 될 수도 있을 것이다. 더구나 5 · 16 이후 지방자치를 폐지할 때의 명분이 사회적인 혼란과 경제 발전에의 장애였다는 점을 상기한다면 정부측의 논리는 더욱 궁색해 보인다.

단체장 선거 연기를 반대하는 두번째 이유는, 오는 12월의 대통령 선거를 공정하게 치르기 위한 것이다. 지금까지의 경험으로 보아 각종 선거에서 지방자치 단체장들은 여당의 첨병 노릇을 해 온 것이 사실이다. 실로 오랜만에 실질적인 문민정치의 실현을 눈앞에 두고 있는 지금, 관권 선거의 우려를 불식하기 위해서도 대통령 선거 이전에 단체장 선거를 실시해야 마땅하다.

이제 우리 국민들의 민주 역량도 상당한 수준에 이르렀기 때문에, 부작용을 염려하여 선거를 연기한다는 논리로는 국민들을 설득할 수 없다. 단체장 선거를 꼭 연기해야 한다면 국민이 납득할 수 있는 명확한 이유를 제시해야만 하고, 이제라도 국민의 여론을 광범위하게 수렴한 후에 결정해야 할 것이다. 그래야만 불필요한 오해를 사지 않을 것이다.

(1992)

파괴와 보수

　지금 우리 사회에는 파괴와 보수라는 두 상반된 현상이 공존하고 있다.

　우선 파괴부터 보자. '가격 파괴'에서부터 불기 시작한 파괴 바람이 경제계를 중심으로 확산 일로에 있다. 대기업의 '조직 파괴' '인사 파괴'가 신문 지면을 장식하더니, 신입사원 선발 과정에서 '학력 파괴' '면접 파괴'까지 등장하고 있다. 심지어 '아파트 설계 상식 파괴'라는 생소한 말도 들린다.

　다소 과격한 인상을 풍기는 '파괴'라는 용어를 남발한다는 느낌이 들긴 하지만 대체로 긍정적인 평가를 받고 있다. 이것은 합리적인 기업 경영을 위한 자구책일 것이다. 우리 경제의 규모가 커지고 전 세계를 상대로 교역을 해야 하는 기업으로서는 더 이상 과거의 경영 방식에 안주할 수 없는 것이다. 말하자면 경영의 개혁이 필요한 것이다. 경제계에서 불고 있는 파괴 바람은 다름 아닌 개혁 바람이다. 특히 '학력 파괴' '면접 파괴'는 직원 채용의 오랜 관행을 과감히 개혁하려는 것으로 신선한 충격을 불러일으키고 있다.

그런데 정치권에서는 이와 정반대의 바람이 불고 있다. 정당들이 서로 자기네가 '보수 정당'이라 우기고 있는 것이다. 민자당의 최형우 의원이 "민자당만이 진정한 보수 정당이다"라 말하자, 자민련의 김종필 총재는 "보수를 논할 수 있는 사람은 나뿐이다"라고 되받았다. 이에 뒤질세라 국민회의도 중도 보수를 표방하고 보수 논쟁에 뛰어들었다. 한마디로 말해서 가관이다.

이 중에서 가장 가관인 것은 이른바 JP이다. 그는 말하기를, "지난날 국가보안법 폐지를 주장하고 전교조를 지지했던 사람들이 갑자기 보수를 들고 나왔다"며 이른바 YS와 DJ를 공격하고 나섰다. 그러면서 그는 이들의 보수는 '위장 보수'이고 자기가 '진짜 보수'라 강변하고 있다. 더 나아가 "우리가 경제 개발을 위해 땀흘릴 때 민주를 떠들고 다닌 사람들이 가소롭다"고까지 말했다. 정말 가소로운 말이다.

도대체 보수가 무엇인가? 굳이 정치학적인 개념의 도움을 받지 않고 문자 그대로 해석한다면 '무엇을 보호하고 지킨다'는 뜻일 것이다. 세상에는 보호하고 지킬 만한 가치 있는 것도 있고 그렇지 않은 것도 있다. 그렇다면 JP가 보호하고 지키려는 것은 무엇인가? 민주헌정 질서를 무력으로 전복하려는 쿠데타 정신, 최소한의 기본권마저 박탈하는 군사독재 정신, 이것이 바로 그가 보호하고 지키려는 바가 아니겠는가? 생각하기조차 싫은 소름끼치는 유신시대의 악몽을 지금 그는 '보수'하려는 것이다. 보호하고 지킬 만한 것을 보호하고 지키는 것이 참다운 보수이다.

정치적인 측면에 국한해서 본다면 지금 정치가들이 할 일은, 과거의 것을 보호하고 지키기보다 개혁을 하는 것이다. 어느 여론조사 기관의 보고에 의하면 가장 신뢰할 수 없는 집단이 정치가라고 한다. 1945년 광복 이래 지금까지의 정치권의 행태를 보면 신뢰할 만한 구석이 하나도 없는 것이 엄연한 사실이다. 이러한 불신을 씻기 위해서라도 정치가들은 끊임없는 '껍질 벗기'를 통하여 개혁을 추구해야 한다.

이런 마당에 정치가들이 너도나도 보수의 깃발을 쳐들고 도대체 무엇을 어떻게 하겠다는 것인가? 한편에서는 파괴와 개혁을 외치고 있는데 유독 정치권만 시대착오적인 보수 다툼을 언제까지 계속할 것인가? 국민들은 보수를 들고 나오는 정치가들의 얄팍한 속셈을 다 알고 있다.

(1995)

광주항쟁 8주기를 맞으며

　생각하기도 싫은 5 · 17을 여덟번째 맞이한다. 1980년 5월 17일, 비상계엄이 전국으로 확대되면서 시작된 일련의 사태들은 분명히 우리 민족사의 커다란 불행이었다. 특히 광주에서 있었던 일은 우리 국민들의 가슴에 씻을 수 없는 상처를 안겨 주었다. 그동안 이 사건에 대한 논의가 금기시된 탓으로 온갖 소문과 추측이 나돌았고, 그후 일부 논의가 허용된 후에도 여전히 사람들의 마음속엔 의혹의 찌꺼기가 남아 있었던 것이 사실이다. 이제 6공화국 정권이 들어서고, 지난번 총선의 결과 야당 의석이 여당보다 많아져 야당의 목소리가 높아질 조짐을 보이자 정부와 민정당은 이 문제를 적극 검토하겠다고 나섰다.

　그러나 이러한 정부 여당의 의지가 얼마만큼의 진실을 가지고 있으며 얼마나 확고한가에 대해서는 회의적인 시선을 던지지 않을 수 없다. 왜냐하면 6공화국의 집권층이 그 당시의 사건 관련자들로 구성되어 있어서 '과연 이 문제를 성의 있게 다룰 수 있겠는가' 하는 의문이 생기기 때문이다. 뿐만 아니라 정부 여당의 이 말은, 궁지에 몰린 자가 급한 김에 무책임하게 내뱉는 말로도 들리기 때문이다. 이에 우리는 진정한 국민 화합과 민주 발전을 위하여 몇 가지 방안을 제시하고자 한다.

첫째, 정확한 진상조사가 선행되어야 한다. 당시 광주사태 때의 부대병력의 개입 경위와 진압 과정이 공개되어야 하고 그 최고 명령자도 밝혀져야 한다. 이것은 정부 여당이 그렇게 하겠다는 의지만 있으면 충분히 가능한 일이다. 관련자들의 처리 문제는 논외로 하더라도 이 문제가 규명되지 않는 한, 국민들 특히 광주 시민들의 응어리는 풀리지 않을 것이다. 또한 당시 목숨을 잃은 사람들의 숫자도 재조사되어야 한다. 광주 측이 주장하는 사망자 수와 정부 측이 발표한 사망자 수가 엄청나게 차이나기 때문에 누구나 납득할 수 있는 방법에 의하여 사망자 수가 재조사되어야 하리라고 생각한다.

둘째, 광주 시민의 명예를 회복시켜야 한다. 따지고 보면 당시 광주 시민들의 항쟁은 광주만을 위한 행동은 아니었다. 광주 시민들이 광주만을 위해서 항쟁했다면 그 사건이 이토록 전 국민의 가슴을 멍들게 하지는 않았을 것이다. 그러므로 광주 시민의 명예를 회복시키는 것은 대한민국 국민 전체의 명예를 회복시킨다는 상징적 의미를 지닌다. 이것은, 세계에 자랑할 만한 우수한 국민으로서의 자존심이 짓밟힌 데 대한 보상이기도 하다.

명예 회복의 방법으로는 지금까지 논의되어 온 바와 같이, 광주사태의 성격 규정, 사망자와 부상자에 대한 대우 문제, 위령탑 건립 등을 생각해 볼 수 있다. 그러나 무엇보다도 당시 사건 관련자들에 대한 처리가 선행되어야 한다. 이 말은, 관련자들을 색출하여 꼭 처벌해야 한다는 말은 아니다. 광주 시민들의 명예를 회복시켜 주기 위해서는 상징적이나마 어떤 형태로든 무슨 조처가 뒤따라야 할 것이다. 적어도 어떤 조치를 취한다는 몸짓만이라도 보여 달라는 것이다. "우리도 잊을 것이니 너희들도 없었던 일로 하자"는 식의 대응 방식으로는 문제를 근본적으로 해결할 수 없으리라고 생각한다. 광주 시민과 전체 국민이 이 사건을 잊을 수 있는 명분을 제공할 필요가 있는 것이다.

셋째, 5공화국 시절의 비리를 한 번은 짚고 넘어 가야 한다. 5공화국의 존속 기간은 5·17의 연장이라고 생각하기 때문이다. 1980년 5월 이후에 일어났던 그 충격적인 일들을 우리는 결코 잊을 수가 없다. 지난해의 소위 6·29 선언 이후 민정당 당국자 스스로도 민주화를 하겠다고 공언하지 않았는가? 그렇다면 그 이전의 정치 형태는 민주화되지 않은 상태였다는 것을 그들 자신이 인정한 셈이다.

그것을 인정한 이상, 반민주적인 정치에 의하여 벌어졌던 숱한 행태 등을 그냥 덮어 둘 수는 없는 일이다. 그래야만 광주에서 받은 국민들의 상처도 비로소 아물 것이다. 즉 5공화국의 비리를 밝히는 일은 광주사태 해결과 그 궤를 같이한다고 볼 수 있다.

넷째, 정부는 참다운 민주화에의 의지를 보여야 한다. 광주 시민들의 항쟁이 궁극적으로 지향했던 목표가 바로 이 땅의 민주화였던 만큼, 민주화된 조국을 건설하려는 의지 없이는 광주사태가 해결되지 않을 것이다. 전직 대통령 주변의 부정 부패가 철저히 조사, 공개되어야 하고 30년 가까운 독재로 찌들은 국민들의 의식에 신선한 바람을 불어넣어야 한다. 그러기 위하여 선행되어야 할 것은 헌법에 보장된 언론 · 출판 · 결사 · 집회의 자유를 명실공히 허용하는 일이다. 이와 같은 국민의 기본권만 보장된다면 우리는 정부의 민주화 의지를 굳이 의심하지 않을 것이다.

정부의 입장에선 목의 가시처럼 걸리고, 국민의 입장에선 아픈 상처로 남아 있는 1980년의 일을 하루 빨리 해결하는 것이 빛나는 조국 건설의 지름길일 것이다.

(1988)

중국 전국시대戰國時代의 사상가인 묵자墨子의 글에 다음과 같은
말이 있다.

"사람 한 명을 죽이면 의롭지 못하다고 하여 반드시 한 번 죽는
죄를 지닌다. 이런 논리대로 나가면 사람 열 명을 죽인 경우에는
의롭지 못함이 열 배가 되어 반드시 열 번 죽는 죄를 짓고, 백 명
을 죽이면 의롭지 못함이 백 배가 되어 반드시 백 번 죽는 죄를 짓
게 될 것이다. 이런 일에 있어서는 천하의 군자君子들이 다 비난할
줄을 알아서 그것을 의롭지 못하다고 말한다. 그러나 이제 크게
의롭지 못한 일을 저질러 남의 나라를 침공하는 경우에는 이를 비
난할 줄 모르고 동조하여 찬양하며 의로운 일이라 말한다."

죄를 지으면 지은 죄의 경중에 따라서 합당한 벌을 받아야 하는 것이 법의 논리이다. 한 나라가 다른 나라를 침략하여 2,000명을 죽였다면 2,000명 죽인 만큼의 무거운 벌을 받아야 한다. 그런데 일반 범죄에 대해서는 법을 엄격히 집행하면서도 전쟁 범죄에 대해서는 그렇지 못하다. 2천 명을 죽이든 2만 명을 죽이든 전쟁에서 승리하면 곧 의로운 일이 되어 버린다. 평화주의자인 묵자가 이 점을 개탄한 것이다. 이 자리에서 새삼스럽게 묵자를 떠올리는 것은 5·18 관련자 처벌 문제를 다시 한번 생각해 보기 위해서이다.

　　1980년 5월 어느 날, 당시 권력을 잡고 있던 일부 군인 집단은 군대를 동원하여 광주에서 '작전'을 수행했다. 이것은 분명히 전쟁이었다. 그것도 같은 동족을 상대로 치른 전쟁이었다. 이 '작전'의 결과 수많은 민간인이 희생되었다. 아직도 정확한 희생자의 수를 알지 못하고 있다.

　　'작전'을 수행한 당사자들은, 치안 유지와 국가 보위를 위한 정당한 행위였다고 강변하고 있다. 그러나 무장도 하지 않고 저항도 하지 않는 버스 승객들에게 무차별 발포를 한다거나, 강에서 멱감는 어린이들에게까지 발포했던 당시의 일을 정당한 행위라고 생각하는 사람은 아무도 없을 것이다.

　　그로부터 15년이 지난 지금 검찰은 '공소권 없음'이라는 결론을 내려 스스로 기소권을 포기해 버렸다. 기소권을 포기한다는 것은

'작전' 수행자들의 행위를 정당화시켜 주는 것이다. 검찰은 12·12 사태에 대해서도 같은 입장을 취했다. "성공한 내란은 처벌할 수 없다" "성공한 쿠데타와 관련된 정치 행위 영역에 속하므로 사법적 판단의 대상이 될 수 없다"는 등의 해괴한 법 이론을 앞세워 스스로 기소권을 포기함으로써 결과적으로 12·12와 5·18의 주역들의 행위를 옹호했다. 일반 범죄의 경우와 마찬가지로 5·18과 같은 전쟁 범죄도 죄의 경중을 따져서 벌을 주어야 한다. 광주에서 200명을 죽였으면 200명 죽인 벌을 받아야 하고 2,000명을 죽였다면 2,000명 죽인 벌을 받게 해야 한다. 용서하는 것은 그 후의 문제이다.

"공소시효가 지났다"는 말도 구차스런 형식논리일 뿐이다. 지금이라도 특별법을 제정하면 된다. 이것은 현재의 통치권자의 몫이다. 2천여 년 전의 묵자가 개탄했던 일을 지금 다시 되풀이해야 하는 오늘의 현실이 서글프기 그지없다. 만일 묵자가 다시 살아나서 이 사태를 바라본다면 또 무슨 꾸중을 내릴까? 옛사람에 대한 부끄러움을 감출 수 없다.

(1995)

6공 통일 정책의 허구

우리 민족 최대의 과제는 조국의 통일이다. 일제 식민지 시대의 우리 민족의 지상과제가 독립이었다면 지금은 통일이 독립의 자리를 대신하고 있다. 그러므로 올림픽, 경제 발전 등도 통일의 하위 개념일 수밖에 없다. 그만큼 온 민족의 역량이 통일에 모아져야 할 때이다.

제6공화국 출범 이래 노태우 정권이 추진한 일련의 북방정책은 이런 의미에서 일단은 진일보한 것이라 생각할 수 있다. 그런데 7·7 선언 이후 숨막힐 정도의 속도로 진행된 북방정책이 문익환文益煥 목사의 방북을 계기로 하루아침에 그 방향을 바꾸려 하고 있다. 통일이 우리 민족의 절대적 명제라면 통일을 위한 제반 여건이 조성되어야 하고, 이 과정에서 국민들의 다양한 목소리가 분출되는 것은 당연한 일이다. 지금까지 통일 논의를 역대 정권이 독점해 온 결과가 통일에 아무런 도움이 되지 못했다는 사실이 판명된 이상, 다소의 혼란이 따르더라도 통일 논의는 개방되어야 한다. 문 목사의 방북이 실증법에 위배되는지의 여부는 차치하고라도 "민족 통일 실현에 누구라도 참여할 수 있음을 보여주기 위한 것"이라는 그의 방북 목적을 구태여 악의적으로 해석할 필요는 없다고 본다.

더구나 문 목사와 김 주석이 합의했다는 단계적 연방제 방안은 우리 정부가 내세운 '체제 연합'과 큰 차이가 없다. 그럼에도 불구하고 기다렸다는 듯이 이를 문제삼아 '체제 전복 세력' '좌익 폭력 세력'을 뿌리뽑겠다고 나서는 정부의 저의를 의심치 않을 수 없다. 남북작가회의 예비회담 공동대표인 고은高銀 씨와 전민련全民聯 조국통일 위원장 이재오李在五 씨를 구속한 데 이어 소위 '공안합동수사본부'라는 것을 만들어 전민련 산하 240개 단체와 남북 교류를 제의한 33개 단체를 조사하겠다고 하는데 이렇게 하는 것이 통일을 위하여 무슨 보탬이 되는지 정부 당국에 묻고 싶다.

4·19 이후 국민들의 억눌렸던 민주화 의지가 분출된 것을 사회 혼란 또는 좌경 세력의 준동으로 몰아 5·16 군사 쿠데타를 일으킨 일을 우리는 지금도 생생하게 기억하고 있다. 5·16은 몇몇 군인들의 정권욕이 빚은 결과였다. 5·16이 일어나지 않았다면 다소의 진통을 겪더라도 이 나라의 민주화는 착실히 진행되었을 것이다. 마찬

가지로 현 상황을 좌익 폭력 세력에 의한 혼란으로 보려는 노태우 정권에 대하여 우리는 다음과 같은 가상 시나리오를 구상해 볼 수 있다.

"현 정권은 지난 선거에서 30% 정도의 지지밖에 얻지 못했다. 이렇게 취약한 기반에다 5공화국과 뿌리가 같다는 치명적인 약점을 지니고 있다. 이를 극복하기 위하여 북방정책이라는 충격요법을 써서 국민들을 어리둥절하게 만들었다. 그러나 이를 계기로 국민들의 욕구가 정부의 통제력의 범위를 넘어서자 당황하던 중, 문목사 사건이 터졌다. 이에 정부는 원래부터 원하지 않았던 전시용 정책을 거두어들이고 행복했던 과거로 되돌아갈 구실을 찾았다."

이러한 시나리오가 사실이 아니기를 바라는 마음 간절할 뿐이다.

(1989)

주먹 바람 돈 바람

고려 말의 문호인 익재益齋 이제현李齊賢(1287~1367)이 지은 『역옹패설櫟翁稗說』이란 책에 다음과 같은 기록이 있다.

경인년, 계사년 이후로 무인武人이 재상이 된 경우가 많았다. 이의민李義旼과 두경승杜景升이 함께 중서성中書省에 앉아 있었는데 이李가 두杜에게 뽐내며 말하기를,

"어떤 자가 힘 자랑을 하길래 내가 한 주먹으로 쳐서 넘어뜨리기를 이렇게 했지."

하며 주먹으로 기둥을 치니 서까래까지 모두 흔들렸다. 두杜가 대답하여 말하기를,

"어느 때이던가, 내가 맨주먹을 휘두르니 모인 사람들이 모두

흩어져 달아나 버리더군."

이라 하며 역시 주먹으로 치니 주먹이 벽을 뚫고 들어갔다. 이를
보고 당시 사람이 이런 시를 지었다.

　　두렵도다 이李와 두杜
　　우뚝한 참 재상일세
　　재상 노릇 삼사 년에
　　주먹 바람 만고에 떨치네

　경인년(1170)은 정중부鄭仲夫가 무신란을 일으킨 해이고, 계사년
(1173)은 이의민이 전왕前王을 살해하고 지방의 말단 관직에까지 무
인을 임명한 해이다. 그리고 이의민과 두경승은 다같이 무식한 무인
출신으로 오로지 주먹 힘 덕분에 높은 지위에까지 오른 사람들이다.
이런 사람들이 국정을 관장하는 최고의 자리에 앉아서 하는 짓이 고
작 힘 자랑인 것이다. 그러나 주먹은 주먹으로 망하는 법이다.
　무신란의 주역들은 그 후 자기들끼리 죽고 죽이는 살륙전을 벌인
끝에 역시 무신인 최충헌이 권력을 장악하게 된다. 이의민과 두경승
도 최충헌에 의하여 살해된다. 이 무신들의 작태를 익재는 기록으로
남겨 후세에 전한 것이다. 익재가 이 시대를 살았다면 아마 다음과
같은 기록을 남겼을 것이다.

1961년 이후로 군인이 장관이 되는 경우가 많았다. 정○○과 권
○○이 함께 정부종합청사에 앉아 있었는데 정鄭이 권權에게 뽐내
며 말하기를,

　　"광주 사람들이 연일 데모를 하여 시끄럽게 굴기에 공수여단을
투입하여 작전을 개시했지. 우리 공수부대 장병들의 용감무쌍한
활약으로 드디어 광주를 진압했는데, 무엇보다도 그것은 내 손에
서 나온 작전의 승리였어. 작전이란 언제나 적을 섬멸할 수 있도
록 치밀하게 세워야 하는 것이란 말이야."

했다. 이를 듣고 있던 권權이 이에 질세라 곧장 응수하기를,

　　"그날은 날씨가 매운 추운 때였지. 12월 중순이었으니까. 밤중
에 계엄사령관 집을 쳐들어갔는데 호위병이 저항을 하는 것이 아
니겠나. 그래 방아쇠를 당겨 한방에 해치웠지. 이만하면 내 솜씨
도 일품이라 할만 하겠지."

라 했다. 당시 사람들이 이런 시를 지었다.

　　두렵도다 정鄭과 권權
　　우뚝한 참 장관일세
　　장관 노릇 일이 년에
　　총 바람 만고에 떨치네

그러나 익재의 기록은 여기서 끝나지 않을 것이다. 공화당 정권의 출범 이래 이 나라를 좀먹어 온 소위 '군사 문화'의 폐해가 너무도 크다는 것을 익재는 익히 알고 있을 것이기 때문이다. 추측컨대 그는 『역옹패설』에 다음과 같은 이야기를 덧붙였을 것이다.

1980년 이후로는 온통 군인들의 세상이었다. 큰 일이나 작은 일이나 군인이 개입되지 않은 일이 없었다. 전○○과 장○○이 청와대에 함께 앉아 있었는데 전全이 뽐내며 장張에게 말하기를,

"어느 재벌 그룹의 회장을 불러 돈을 좀 내라고 했더니 3억 원을 내놓겠다고 하더군. 그래서 내가 마음만 먹으면 기업을 살릴 수도 있고 죽일 수도 있다고 은근히 협박을 했지. 그랬더니 당장 10억 원을 내더군."

했다. 이를 듣고 있던 장張이 맞장구쳐 말하기를,

"재벌 기업의 회장이란 자들 별것 아닙니다. 돈이 좀 필요한데 알아서 하라고 했더니 자기들끼리 모여서 수백억 원을 거두어 오더군요. 말 안 들으면 기업이 하루아침에 날아간다는 사실을 잘 알고 있기 때문이죠. 그런데 재벌들보다, 자유니 민주화니 하고 외치는 자들을 다루기가 더 힘듭니다. 이들은 돈으로 해결이 되지 않거든요. 그저 남산으로 데리고 와서 칠성판 위에 눕히는 수밖에 없습니다. 미친개에게는 몽둥이가 약이니까요."

했다. 당시 사람들이 이런 시를 지었다.

　　두렵도다 전소과 장張
　　우뚝한 참 걸물일세
　　걸물 노릇 사오 년에
　　돈 바람 만고에 떨치네

　고전을 읽는 즐거움 중의 하나는, 그것이 단순한 과거의 기록이 아니라 현재를 살아가는 지혜를 제공해 준다는 데에 있다. 익재의 글은 무신정권의 속성을 몇 마디 말로 요약해 놓은 것이어서 수십 년 동안 군사정권의 폭압에 시달려 온 우리에게는 먼 과거의 일로 들리지 않는다. 아무리 총잡이들이라 하지만 이러한 고전을 단 몇 줄이라도 읽었더라면, 오늘날 이토록 국민의 지탄을 받을 짓을 하지 않았을 것이다.

(1988)

문익환 목사님에게

문익환 목사님!

이 엄동설한에 차가운 콘크리트 벽에 갇혀 얼마나 고생하십니까? 칠십 고령으로 병마와 싸우고 계실 목사님을 생각하면 치밀어 오르는 분노를 금할 수 없습니다. 백내장과 심장질환에다가 신장질환까지 겹쳐 온몸이 부은 상태여서 그대로 방치하면 생명까지 위험하다는 전문의의 진단에도 불구하고, 변호인단의 구속집행정지 신청마저 접수되지 않고 있다니 정말 안타까운 일입니다.

여기서 저는 소위 5공 청산이라는 문제를 다시금 생각하게 됩니다. 5공은 생각하기조차 싫은 악몽이었습니다. 이 5공을 대신하여 6공이 들어선 지 2년이 되도록 지난 시대의 어둠을 씻어 내지 못하고 있다가 국민들의 여론에 밀려, 지금 여야 영수라는 사람들이 5공을 청산한다는 시늉을 하고 있습니다. 그러나 이것이 5공 청산의 시늉일 뿐이라는 사실을 모르는 사람은 아무도 없습니다. 목사님도 아시는 바와 같이 5공은 광주의 비극을 제물로 삼아 출발했고, 유신정권으로부터 물려받은 각종 악법의 힘으로 유지되었습니다.

그러므로 광주 문제의 해결과 국가보안법을 비롯한 각종 악법의 개폐改廢 없이는 5공 청산이 되었다고 할 수 없습니다. 몇몇 개인의 공직 사퇴나 전직 대통령의 국회 증언만으로 어찌 5공이 청산되었다고 말할 수 있겠습니까? 광주 문제 해결의 핵심이라 할 수 있는 발포 명령자 색출은 지금 상황으로선 엄두도 못 낼 형편이고, 악법의 개폐 역시 '여야 합의'에 의해 흐지부지될 전망입니다. 흐지부지될 정도가 아니라 오히려 5공 때보다 더 강화되어 가고 있다는 인상입니다. 법무부가 국회에 낸 자료에 의하면 금년 들어 10월말까지 국가보안법 위반 혐의로 구속된 사람이 342명인데 이것은 작년의 구속자 131명의 2.6배에 해당하는 숫자입니다. 이것만 봐도 여야 영수들이 합의했다는 5공 청산안이 얼마나 허망한 것인가를 알 수 있습니다.

5공 청산의 두 개의 축은 광주 문제와 악법의 개폐입니다. 5공 시절의 악법 중에서도 가장 악명 높은 국가보안법이 여전히 위력을 발휘하고 있다는 사실은, 바로 목사님 자신의 현재의 처지가 이를 증명해 주고 있습니다. 누구보다 앞장서서 5공 독재에 대항하여 싸우신 목사님이 5공을 청산하겠다는 6공에 의하여 구속된 것은 무엇을 뜻합니까? 결국 6공은 그 뿌리를 5공에 두고 있기 때문에 진정으로 5공을 청산할 의사가 없고 또 청산할 능력과 자격이 없다는 것입니다.

문익환 목사님!

5공 청산이 왜 이토록 문제가 되는 것일까요? 5공 시절에 폭압적인 독재에 의하여 희생당했던 사람들이 분풀이하자는 것이 아니지 않습니까? 우리 민족의 최대의 과제인 통일에의 길을 닦기 위한 것이라고 저는 생각합니다. 5공의 찌꺼기가 청산되고 그와 더불어 국가보안법이 폐지되거나 적어도 독소 조항만이라도 제거되어야 멀고 험한 통일에의 대장정大長征이 시작될 수 있으리라고 생각합니다. 그러므로 방북訪北의 정당성 여부나 목사님 개인의 행·불행을 떠나서 목사님 사건은, 현 정권의 5공 청산 의지와 통일에의 의지를 시험할 수 있는 계기가 된다고 하겠습니다.

그러나 현 정권의 의지와는 관계없이 목사님의 통일에 대한 열망은 우리들을 감동시켰고 우리들에게 희망과 용기를 주었습니다. 목사님이 쓰신 시 한 구절이 생각납니다.

88 올림픽 남북 단일팀 만들고

서울 평양 왔다갔다하며
축구다 농구다 수영이다 육상이다
얼싸안고 목이 터지게
평양 이겨라 서울 이겨라가 아니라
우리 팀 이겨라
응원할 수 있다면 그거야
북쪽 사람도 좋고 남쪽 우리도 좋고

이것은 목사님만의 염원이 아니라 우리 모두의 염원입니다. 그
리고,

난 걸어서라도 갈 테니까
임진강을 헤엄쳐서라도 갈 테니까
그러다가 총에라도 맞아 죽는 날이면
그야 하는 수 없지
구름처럼 바람처럼 넋으로 가는 거지

이 시에서 보여주신 목사님의 결연한 의지도 우리 국민 모두의 의
지입니다. 다만 목사님은 그 의지를 실천에 옮기셨고 우리는 그렇게
못했을 뿐입니다.

문익환 목사님!

저는 하느님과 예수를 믿지 않는 사람이지만 목사님이 믿으시는 하느님은 언제까지나 목사님을 고난 속에 버려 두지는 않을 것이라 생각합니다. 목사님을 위해서도 조국을 위해서도 진정한 5공 청산을 다시 시작할 때라고 생각합니다.

(1990)

박노해 씨에게

박노해 씨!

1985년인가? 당신의 시집 『노동의 새벽』을 읽었을 때 나는 머리가 띵하도록 큰 충격을 받았습니다. 명색이 문학을 전공하는 대학교수로서 시詩 언저리를 맴돌면서 적당히 거짓말도 해 가며 밥 먹고 살아가는 나에게 당신의 시는 여간 신선한 충격이 아니었습니다. 그것은 내가 70년대 중반 다산 정약용의 농민시편들을 처음 읽었을 때의 감격과 맞먹는 것이었습니다. 당신의 시를 읽고 있으면 당신의 시속으로 빨려 들어가지 않을 수 없습니다. 당신의 표현과 같이 '먹물' 인 나의 생활과는 동떨어진 노동자들의 살아가는 이야기이지만 너무나 따스하고 너무나 다정한 그들의 삶의 모습이 내 가슴을 울리고 내 눈을 젖게 했습니다.

박노해 씨!

당신의 시로 인하여 이 땅의 많은 시인들이 풀이 죽고 기가 꺾였습니다. 그들은 관념의 찌꺼기를 제거하지 못한 채 설익은 노래만 불러 왔기 때문이겠지요. 당신은 화려한 기교에 의존하지도 않고 세련된 지성의 도움을 받음도 없이 소위 민중시인들을 주눅들게 했습니다. 가령,

나면서부터인가
노동자가 된 후부터인가
내 영혼은 불안하다
상쾌한 아침을 맞아
즐겁게 땀흘려 노동하고
뉘엿한 석양녘
동료들과 웃음을 터뜨리며 공장 문을 나서
조촐한 밥상을 마주하는
평온한 저녁을 가질 수는 없는가
떳떳하게 노동하며
평온한 저녁을 갖고 싶은 우리의 꿈을
누가 짓밟는가

와 같은 평범한 표현이 당신의 붓끝에서 나왔기 때문에 감동을 주는 것입니다.

박노해 씨!
『노동의 새벽』속의 당신은 사회주의자도, 혁명가도 아니었습니다. 따뜻한 가슴을 가지고 정직하게 살아가는 아름다운 시인이었을 뿐입니다. 특히 부인 김진주 씨와의 사랑의 이야기는 그 어느 연애시보다 아름답고 감동적이었습니다.

길고 긴 일 주일의 노동 끝에
언 가슴 웅크리며
아내는 벌써 공장을 나가고 없다
지난 일 주일의 노동
기인 이별에 한숨 지며
쓴 담배연기 어지러이 내어 뿜으며
바삐 팽개쳐진 아내의 잠옷을 집어들면서
혼자서 밤들을 지낸 외로운 아내 내음에
눈물이 난다

이런 사랑의 시를 쓸 수 있는 당신은 분명 비범한 시인임에 틀림

없습니다. 어느 여성잡지에 실린 수기에서 부인 김진주 씨는 당신을 "타고난 예술가이자 춤꾼, 연극배우의 자질도 많은 사람"이라고 했습니다. 그렇습니다. 당신은 아무도 지니지 못한 마력魔力을 가진 시인이었습니다.

그런데 당신은 시로부터 떠나 버렸습니다. 아니 시를 떠나기 전에도 얼굴을 숨기고 시를 써야 했습니다. 당신은 시를 떠남으로써 이 땅의 어느 시인도 쓸 수 없었던 아름다운 시를 스스로 버렸습니다. 그래서 당신 부부로 하여금 "평온한 저녁"을 가질 수 없게 한 현실, 얼굴을 감추고 시를 쓰지 않을 수 없는 암울한 현실, 그보다도 당신으로 하여금 시를 떠나게 한 어두운 현실이 우리를 슬프게 합니다. 우리는 오래도록 당신으로부터 가슴을 울리는 노래를 듣고 싶어 했습니다.

늘어진 육신에
또다시 다가올 내일의 노동을 위하여
새벽 쓰린 가슴 위로
차거운 소주를 붓는다
소주보다 독한 깡다구를 오기를
분노와 슬픔을 붓는다

이런 노래를 듣기를 원했습니다. 당신만이 부를 수 있는 노래이기 때문이지요. 그러나 당신의 "분노와 슬픔"이 시로써 달래기에는 너무도 큰 것이었나요? 솔직히 말해서 그 엄청난 분노와 슬픔을 나는 실감을 하지 못합니다. 그저 관념적으로 '이해' 하고 있을 뿐입니다.

박노해 씨!

이제 당신과 부인은 차가운 콘크리트 벽에 갇혀 더 큰 분노와 더 큰 슬픔을 삼키고 있겠지요? "매일 퉁퉁 부은 얼굴과 어지럼증에 시달리고, 심할 때는 피를 쏟고 밤새도록 몸이 찢기는 듯한 고통을 호소"했다며 안타까워한 부인의 수기가 내 가슴을 때립니다. 그러나 남한 사회주의 노동자 동맹 중앙위원 박기평으로서가 아닌 시인 박노해로서 당신은 내 가슴에 오래 남을 것입니다. 당신이 부인과 함께 "평온한 저녁"을 맞이할 수 있는 그날이 오기를 고대합니다. 그렇게 되면 다시 당신으로부터 아름다운 노래를 들을 수 있겠지요.

(1991)

어느 운전기사

　며칠 전의 일이다. 시내에서 택시를 탔더니 차 안에서는 놀랍게도 소위 '운동권 노래'가 흘러나오고 있었다. 호기심에서 기사에게 말을 걸어 보니, 그는 일부러 어느 대학교 앞에 가서 테이프 몇 개를 샀다는 것이다. 그리고 자기가 운전하는 동안은 자주 그 테이프를 틀어 놓는다고 했다. 노래를 들은 승객들의 반응이 어떠냐는 나의 물음에 아무렇지도 않은 듯이,

　"일반 데모 노래에는 별 거부반응을 보이지 않지만, 통일에 관한 노래가 나오면 빨갱이 노래라고 못마땅하게 여기는 승객이 더러 있습니다."

하고 말했다. 그리고는,

"참 이상한 일이죠. 통일을 하자는 노래가 왜 빨갱이 노래입니
까?"

하고 되물었다.

나는 말문이 막혔다. 생각건대 통일의 노래를 못마땅하게 여긴 승
객은 다음 두 가지 유형 중의 하나에 속할 것이다. 즉 자신이 현 사
회에서 누리고 있는 기득권을 빼앗길지도 모른다는 우려 때문에 내
심으로 통일을 원치 않는 사람이거나, 민간 차원의 통일 논의가 불
순한 짓이라는 주입식 정책에 자기도 모르게 세뇌가 되어 버린 사람
일 것이다.

사실 이 두 가지 유형의 사고가 우리 사회를 지배해 왔다고 해도
과언이 아니다. 그런 의미에서, 통일의 노래를 못마땅하게 여기는
승객을 또 못마땅하게 여기는 운전기사의 말은 나에게 신선한 충격
을 주었다. 정부 당국자도 아니고 정치학자도 아니고 대학생도 아
닌, 운전기사에게서 통일에 대한 전향적인 자세를 발견할 수 있었기
때문이다. 이것은 통일에 대한 일반 국민들의 욕구가 얼마나 큰가를
증명하는 것이기도 하다. 지난번에 있었던 그나마의 '7·7 선언'도
이러한 국민들의 강렬한 욕구의 소산으로 보아야 할 것이다.

운전기사를 포함한 일반 국민들의 통일에 대한 욕구가 커지고 있는 한, 집권자도 더 이상 통일 정책을 독재 연장의 수단으로 이용할 수만은 없게 될 것이다.

(1988)

북벌론北伐論과 반공 이데올로기

이씨조선 제17대 임금인 효종은 왕위에 오르자마자 북벌 계획을 세운다. 부왕父王인 인조 임금이 삼전도三田渡에서 당한 치욕을 씻기 위하여 북쪽의 청淸나라를 무력으로 정복하려는 야심적인 계획이다. 당시 조정의 신하들은 이 북벌론에 반대할 아무런 명분이 없었다. 그러나 이조李朝와 청나라의 국력을 객관적으로 비교해 보면 이 계획은 실현가능성이 전혀 없는 것이었다. 그런데도 왕의 의지가 확고하기 때문에 아무도 이 계획에 대하여 이의를 제기할 수 없었다. 이러한 분위기를 틈타서 당시의 집권 세력은 자파自派 세력의 확장과 정적 탄압의 수단으로 북벌론을 이용하게 된다. 그래서 북벌이란 명분 아래 수많은 사람들이 희생되었다.

그로부터 1세기 후 박지원朴趾源, 박제가朴齊家 등 일군의 진보적인 실학자들이 북벌론의 허구성을 비판하고 북학론北學論을 주장하게 된다. 북쪽의 청나라를 '정벌'하는 것이 아니라 '배우자'는 주장이다. 민족의 원수인 청나라를 정복하기 위해서도 청을 알아야 하며, 또 청나라는 오랑캐가 세운 나라이긴 하지만 그쪽의 우수한 문화와 제도를 배워서 우리나라를 부강하게 해야 한다는 것이 이들의 주장이었다. 그리고 오늘날 우리는 이들의 선견지명을 높이 평가하고 있다.

대한민국 정부 수립 이래의 역대 정권이 공통적으로 내세운 표어는 반공이라는 국시였다. 이 반공 정책의 특징은 공산주의가 왜 나쁜가를 가르치지 않고, 공산주의가 무조건 좋지 않다는 사실만을 국민들에게 주입식으로 강요했다는 점이다. 공산주의 이론과 공산주의 사회의 실상을 철저히 차단한 채 진행된 이 반공 정책은 급기야 정권 연장의 수단으로 이용되고 말았다. 독재정권의 연장을 획책하는 무리들에게 이 반공 이데올로기는 요술 방망이와 같은 것이어서 반공 방망이를 휘두르기만 하면 모든 문제가 해결되었다.

반공을 앞세운 안보 논리는 박정희 정권 때 극에 달해서, 헌법에 보장된 기본권인 언론, 출판, 결사의 자유를 박탈했으며 인간의 존엄성마저 짓밟았다. 반공이란 구호 밑에서 무수한 사람들이 희생되어 갔다. 이러한 상황은 정도의 차이가 있을지는 몰라도 전두환 정권에까지 연장되었다. 그러나 효종 시대에 북벌을 앞세워 사상과 언론의 자유를 억압한 안보 논리가 결국 무너졌듯이 박정희·전두환 시대의 반공을 앞세운 안보 논리도 도전을 받지 않을 수 없는 것이다. 이것은 역사가 우리에게 가르쳐 주는 뼈저린 교훈이다.

이런 의미에서 최근 정부가 취한 일련의 조치는 일단 환영할 만하다. 금년 7월 15일, 정부는 북한 측에 남북한 학생 교류를 제의했고 7월 19일에는 해외동포들이 남북한을 자유롭게 왕래하도록 허용했으며, 같은 날 문공부 장관은 월북작가 100여 명의 월북 전 작품을 '해금'한다고 발표했다. 뿐만 아니라 9월 3일에는 "북한의 로동신문과 영상 자료를 전국 97개 국·공립대학 도서관 등에서 누구라도 주민등록증만 제시하면 공개하겠다"고 발표했다. 그런데 정부 당국의 이와 같은 숨가쁜 발표와는 달리 공산권 관계의 출판물에 대한 단속은 여전히 계속되고 있다. 마르크스의 『자본』과 '레닌 저작집'의 출판인을 연행하는가 하면, 김일성의 주체사상을 소개한 대학신문 편집장 등을 국가보안법 위반으로 구속했다.

현 정부가 반공 이데올로기를 더 이상 정권 연장의 수단으로 삼지 않겠다는 의지를 보이려면 공산권 관계 자료들을 과감하게 공개해야 할 것이다. 사회주의와 공산주의가 옳지 못한 것이라면 왜 옳지 못한가를 설득시켜야 하며, 그러기 위해서는 그쪽의 이론과 그쪽 사회의 실상을 알려서 스스로 비판하게 하는 길밖에 없다. 주체사상만 해도 그것이 변증법적 유물론에 기초를 두고 있다거나 김일성의 이론이라는 이유만으로 금기시되는 시대는 지나갔다. 변증법적 유물론과 김일성의 철학을 전혀 모르는 상태에서 비판은 불가능한 것이다. 지금 세계는 이데올로기가 극단적으로 대립되어 있는 상황이 아니다. 자본주의 진영과 공산주의 진영은 서로 상대편의 장점을 받아들이고 있다.

여기서 우리는 저 이조 후기의 실학자들을 생각해 볼 필요가 있다. 오랑캐 족이 세운 나라라고 하여 청을 야만시하고, 병자호란 이래의 반청反淸 감정이 온 나라를 지배하고 있던 당시의 상황에서 청나라를 배우자는 북학론을 주장한 이들의 지혜와 용기를 오늘날 다시 한번 되새길 필요가 있다고 본다.

(1988)

국가보안법이라는 요술 방망이

1950년대 후반으로 기억된다. '피카소'란 상표를 붙인 크레파스가 판매 금지당한 일이 있었다. 그 이유는, 피카소가 프랑스 공산당 당원이기 때문에 '피카소 크레파스'의 제작·판매 행위가 반공법에 저촉된다는 것이었다. 참으로 어이없는 일이었다. 그러나 이렇게 어이없는 일은 그 후에도 일어났다. 박정희 정권 시절에 극심한 가뭄으로 전국의 농토가 불타고 있을 때였다. 국회에서 반공법의 적용 범위를 추궁하는 국회의원들의 질문에 말문이 막힌 어느 장관이, "전국의 가뭄 피해를 신문지상에 보도하는 것도 이적행위에 해당된다"는 요지의 발언을 한 적이 있다. 지금 생각하면 말도 안 되는 이야기지만 그때는 통용되던 논리였다. 이 땅의 역대 독재자들은 이러한 억지 논리로 정권을 유지해 왔다. 말하자면 반공법과 국가보안법이 독재자들에게는 무소불위無所不爲의 요술 방망이였던 것이다.

지금 반공법은 없어졌지만 국가보안법의 추상적이고 애매한 조항이 아직도 요술을 부리고 있다. 최근의 일만 하더라도, 인천·부평 지역 민주노동자회(인노련)의 간부들을 이적단체 구성 혐의로 구속했고, 어느 출판사 발행인을 국가보안법 위반 혐의로 역시 구속했다. 이들의 범법 여부는 법원에 의하여 가려지겠지만 우리의 오랜 경험으로 보아 수사 당국이 요술을 부린다는 의구심을 떨쳐 버릴 수 없다.

이 시점에서 우리는 국가보안법의 폐지를 주장한다. 특히 정부의 북방정책의 일환으로 지난 2월 11일 발표한 '남북 교류·협력에 관한 특별법'과 관련하여 보안법이 폐지되어야 할 몇 가지 이유를 지적하고자 한다. 첫째, 특별법의 제1조는 이 법이 "남북한간의 상호 교류와 협력을 촉진하기 위하여 필요한 사항을 규정함을 목적으로 한다"고 되어 있다. 남북한간의 "협력"을 촉진하기 위해서는 양쪽의 적대감이 완화되거나 해소되어야 하는데 현행 보안법은 이러한 적대감을 조장시키고 있다.

둘째, 특별법의 제3조 2항은 "이 법에 따라 행하여지는 행위에 대하여는 국가보안법을 적용하지 아니한다"고 규정하고 있다. 이런 특별법을 제정하면도 보안법을 존속시켜야 할 명분이 없다. 극단적으로 말하면, 보안법을 위반한 정주영 씨의 방북 행위를 합리화하기 위한 조치라 볼 수 있다. 또한 정씨의 방북을 합리화하려는 것은, 정씨라는 대리인을 내세워 순전히 경제적인 이익만 추구하려 했거나 불리한 국내 정세를 만회하여 정권 안보를 획책하려는 의도에서 나왔다고 추리할 수 있다. 그러나 남북 교류와 협력은 경제적 이익이나 정권 안보 차원에서 이루어질 일은 아니다. 정권이 바뀌더라도 지속적으로 추진되기 위해서는 보안법의 폐지가 선행되어야 한다.

셋째, 우리 민족의 지상과제인 통일을 앞당기기 위해서 보안법은 폐지되어야 한다. 물론 통일은 어느 한쪽의 일방적인 노력만으로 이루어지는 것이 아니다. 그러나 상대편의 행동에 개의치 않고 이쪽에서 할 일은 이쪽대로 수행해야만 한다. 저쪽을 영원한 적국敵國으로 규정한 법이 존속하는 한 통일에의 가능성은 희박한 것이기 때문이다.

(1989)

일해재단日海財團 청문회

역사가 발전하기 위해서는 그 전 시대의 역사를 끊임없이 부정해야 한다. 그것이 철저한 부정이든 부분적인 부정이든 간에 끊임없는 자기 부정을 통하지 않고는 한 사회가 더 높은 단계로 나아갈 수 없다.

우리의 현대사를 돌이켜보면 이러한 자기 부정의 노력이 부족했다는 느낌을 금할 수 없다. 일본 제국주의의 쇠사슬에서 벗어났던 1945년에도 그랬고, 학생들의 피의 대가로 이승만 독재정권을 물러나게 했던 1960년에도 그랬다. 한 시대를 매듭지어 정리하지 못하고 어중간한 상태로 다음 시대를 맞이했기 때문에 1961년의 군사 쿠데타 이후 근 30여 년 동안을 군사독재에 시달려 온 것이다.

일제시대의 민족 반역자가 자유당 정권에서 벼슬을 하고, 또 공화당 정권, 민정당 정권하에서 활개치고 다니게 해서는 안 되는 것이다. 이렇게 한 시대를 청산하지 못하고 다음 시대로 넘어갔기 때문에, 일본 육군사관학교를 '자랑스럽게' 다녔던 박정희가 대통령이 되는 비극이 일어나게 된 것이다. 무한 연속적으로 되풀이되는 이러한 비극을 종식시키기 위해서는 지금이라도 전 시대의 모순과 비리를 낱낱이 구명하여 그 책임자에게 엄중한 책임을 물어야 한다. 더구나 지금은 과거 어느 때보다 지난 시대를 정리할 수 있는 여건이 좋다고 생각한다.

그런 의미에서 우리는 5공화국 비리조사 특별위원회를 비롯한 국회의 각종 특위 활동을 예의 주시하고 있다. 그 중에서 일해재단 청문회는 특히 우리의 관심을 끌었다. 관심이 집중되었기 때문에 이 청문회에 거는 우리의 기대도 컸고 실망도 컸다. 이에 청문회를 지켜본 우리의 느낌을 피력함으로써 앞으로의 특위 활동 및 청문회 운영에 보탬이 되고자 한다.

일해재단 청문회는 3가지 요소에 의하여 구성되고 진행되었다. 즉 심문자(국회의원)와 피심문자, 그리고 텔레비전으로 심문 과정을 지켜본 국민이 그것이다.

첫째, 심문자인 국회의원의 경우는 몇몇 의원을 제외하고는 기대에 미치지 못했다는 느낌이다. 충분한 증거와 논리적인 질문으로 문제의 핵심에 접근함으로써 진실을 밝힌다는 청문회 본래의 목적을 수행하기에는 여러 가지로 미흡한 점이 많았다. 이렇게 된 원인을 몇 가지로 요약할 수 있다. 의원들이 소속 정당의 이해관계에만 집착하여 보다 큰 문제에 접근하지 못한 것이 하나의 이유였다. 그리고 증거 확보 등 사전준비를 철저히 하지 않았다는 불성실성이 그 다음 이유이다. 그렇기 때문에 설익은 훈계성 호통으로 체면 유지에만 급급했다는 인상을 준다.

그러나 무엇보다도 의원들 개개인의 역사적 사명감의 결여가 가장 큰 이유가 될 것이다. 한국 현대사에서 이번 청문회가 차지하는 비중이 얼마나 큰 것인가를 인식하고, 청문회 결과에 따라서 5공화국이라는 어두운 시대를 청산하고 새롭게 태어날 수 있는 계기가 마련된다는 사명감을 가지고 청문회에 임했어야 했다. '전두환, 이순자 생포 결사대'의 결성이 단순한 감정적 차원에서 이루어진 것이 아니고, 이번에야말로 부끄러운 과거를 말끔히 청산해 보겠다는 처절한 몸부림이라는 사실을 의원들이 깊이 인식해야만 했다.

둘째, 증언대에 나온 증인들의 자세에서 우리는 그들이 조국의 민주화 대열에 스스로 동참하지 않겠다는 확고한 의지를 읽을 수 있었다. 5공화국 시절에 권력의 핵심부에 있었던 자들의 뻔뻔스러움은 미리 예상한 바이지만, 경제인들이 보여준 비굴한 작태는 실로 한심스러운 것이었다. 이번 청문회가 왜 열렸으며 국민이 그들에게 무엇을 요구하는가를 망각하고, 권력에 아부함으로써 기업 이윤을 추구하겠다는 장사꾼의 논리만을 고수한다면 어떤 형태로든 국민의 응징을 받아야 할 것이다.

셋째, 국회의원이나 증인들보다 국민들의 수준이 훨씬 높았다고 생각한다. 이번 청문회의 품격을 그나마 유지시켜 준 것은 국민들의 성숙한 민주 의식이다. 국민은 국정을 감시하고 견제할 권리가 있다. 특히 자신이 직접 선출한 국회의원들의 활동을 감시하고 평가할 권리와 의무를 가지고 있다. 이 점을 깨닫는다면 국회의원들은 안이한 자세로 국정에 임할 수 없을 것이다.

결론적으로 이번 청문회는 첫 청문회이기 때문에 여러 가지 미숙한 점이 많았지만 일정한 정도의 성과를 거두었다고 생각한다. 이번 청문회를 통하여 우리는 청문회가 민주주의를 발전시키기 위하여 필수적인 제도임을 알았다. 아무쪼록 다음부터는 보다 발전된 청문회를 보여주기 바란다. 그리고 앞으로의 청문회가 우리 민족사에 있어서의 철저한 자기 반성의 계기가 될 수 있기를 바라는 마음 간절하다.

(1988)

사베지

오래된 일이지만 '사베지'란 제목의 영화 광고를 신문에서 보고 적지 않게 당황했던 기억이 난다. 영화의 제목이나 책 이름은 그 영화나 책의 내용의 일부 또는 전부를 암시해 준다고 생각한 나의 상식을 완전히 뒤집어 버렸기 때문이다. 그 영화 광고에 실려 있는 찰턴 헤스턴의 사진과 '사베지'를 아무리 연결시키려 해도 허사였다. 나의 무식을 한탄하면서 자세히 살펴보니 제목 밑에 'Savage'라는 영어가 깨알 만하게 씌어져 있었다. 그제서야 그것이 '야만인'이란 것을 알았다.

'그레트레스' '체이스' 등의 영화 제목에서도 똑같은 당혹감을 경험해야 했다. '그레트레스'는 'great race' 즉 '대 경주'이고, '체이스'는 'chase' 즉 '추격'의 뜻임을 역시 영어를 보고야 알았다.

우리나라 사람이 우리말을 보고 모르는 것을 영어를 보고서야 알 수 있도록 한다면 문제는 심각하다. '필링러브' 라든가 '게터웨이' '패세이지' 같은 영화 제목도 마찬가지이다. 거꾸로 생각해 보자. '겨울 여자' 라는 우리 영화를 미국에서 상영할 때 그곳 신문 광고에 'geuwool yeuja' 로 제목을 달아서야 되겠는가? 외국의 고유명사나 이미 우리말로 정착되어 버린 외래어를 제외하고는 가능한 한 우리말을 쓰도록 노력해야 할 것이다.

무분별한 외국어 남용은 영리를 목적으로 하는 영화업자뿐만 아니라 정부 당국과 지식인에 있어서도 마찬가지이다.

어느 대학교수가 식당에서,

"홍어 두 사라요."

라고 외치는 여 종업원을 불러 세우고,

"너는 접시란 말을 모르니? 앞으로는 접시라고 해."

하고 점잖게 훈계를 한 것까지는 좋았는데, 무안해서 얼굴이 빨개진 종업원이 돌아간 뒤 동료들과의 대화가 걸작이었다.

"그 친구 사업에 실패한 뒤 '프라스트레이트' 되어 있더군."

접시를 '사라' 라고 하는 종업원이나 좌절을 '프라스트레이트' 라고 하는 대학교수나 피장파장이 아닌가? 여 종업원은 대학교수에게

나 훈계를 받지만 대학교수는 누가 훈계를 해 줄 것인가? 날계란을 굳이 '에그'라고 해야 직성이 풀리는 다방 종업원도 밉지만 '총 인구 조사'라는 우리말을 두고 '인구 센서스'라는 홍보 유인물을 발행하는 정부 당국도 이해할 수 없다.

(1979)

우리말, 민족의 숨결

일간신문의 영화 광고란을 보면서 늘 느끼는 불만이 있다. 왜 그렇게 알 수 없는 영화 제목이 많은지 모르겠다. 예를 들어 보자. '프라이비트 스쿨' '칼라 퍼플' '프리찌스 오너' '네버세이 네버 어게인' '화이트나이트' '브르타크' 등, 거의 모든 외국 영화의 제목이 이런 식이다. 영화 제목이나 책 이름은 적어도 그 영화나 책의 내용을 상징적으로나마 지시해 준다는 것이 나의 상식인데, 이 제목들 앞에서 나의 상식이 여지없이 짓밟혀 버린 것이다. 얼마 전 텔레비전에서 방영된 '헬라코스트'란 영화의 경우에도 나는 영어사전을 찾아 본 후에야 그것이 '대 학살'이란 뜻임을 알았다. 백화점 '바겐세일' 광고는 더 가관이다. '방그레송' '포라리스' '몽뜨레' '삐아젤' '브리타리아' '요하네스' 등. 아마 여성 의류의 상표 이름인 모양인데 우리말로 된 상표는 하나도 없다. 우리나라 사람이 우리나라 말을 이렇게 무시하고 학대해도 되는지 모르겠다.

　작년 10월 국어순화추진회가 개최한 「외국말 홍수를 어떻게 할 것인가, 우리말 순화의 올바른 방법은 무엇인가」를 주제로 한 토론회에서 발표된 내용에 의하면, 1986년 9월 20일에서 26일까지 방송된 각 텔레비전의 방송 제목 중 외국말, 외래어로 된 것이, KBS 1TV가 48.8%, KBS 2TV가 54.6%, MBC가 49.7%였다고 한다. 또한 서울의 중심가인 롯데백화점 지하 일번가의 51개의 가게 이름 중 55%가 서양말이었고, 가구·가방·과자 류 등 1,600가지 상품 이름은 67.6%가 서양말이었다고 한다. 이것이 작년 통계이니 금년은 더 늘었을 것이다. 심각한 문제가 아닐 수 없다.

　이 지구상에는 자기 나라 말을 갖지 못한 민족이 많다. 우리 민족은 다행히도 세계에 자랑할 만한 훌륭한 모국어를 가지고 있다. 우리나라가 수백 년 동안 중국 문화의 절대적 영향을 받아 왔으면서도 끝내 중국에 동화되지 않고 민족 자주성을 지켜 올 수 있었던 이유도 우리가 고유 문자를 가지고 있었다는 사실에 힘입은 바 큰 것이다.

　한 민족의 고유 언어는 그 민족의 숨결이요, 민족혼의 응결체이다. 그 민족은 자기네들의 고유 언어로 사고하고 행동한다. 한 민족의 자기동일성自己同一性을 보장해 주는 가장 중요한 요소 중의 하나가 바로 고유 언어인 것이다. 일본 제국주의자들이 정치적으로, 경제적으로 우리나라를 침탈하고 나서도 조선어 말살 정책을 집요하게 추진한 것은, 조선어를 없애지 않고서는 완전한 식민지 경영이 불가능하다고 생각했기 때문이었다. 그만큼 한 민족의 고유 언어는 중요한 것이다.

이렇게 소중한 우리말을 가다듬고 발전시키는 것은 우리의 책임이며 의무이다. 그런데 오늘의 현실은 어떠한가? 물밀 듯이 들어온 서구 문화의 홍수 속에서 우리말은 위축 일로에 있다. 이것은 비단 영화 제목이나 백화점 상품 광고에만 국한된 것은 아니다. 우리의 일상생활 깊숙이 침투해 들어와 있다. 열쇠를 '키'라 말하고 달력 대신에 '캘린더'로 표기하는 식의 언어 습관이 장기간 계속된다면 언젠가는 '열쇠' '달력'이라는 우리말은 소멸되고 말 것이다. 실로 가공할 만한 일이다.

'스포츠 뉴스'를 왜 '운동경기 소식'이라 하지 못하며, '다큐멘타리 영화'를 왜 '기록 영화'라 하지 못하는가? '호텔'을 왜 '여관'이라 하지 못하고 호텔과 여관을 별개의 것으로 구별해 놓고 있는가? 중국에서는 컴퓨터를 전기 두뇌라는 뜻의 '전뇌電腦'로 표기하고 엘리베이터를 전기 사다리라는 뜻의 '전제電梯'로 표기한다. 이 얼마나 훌륭한 창안인가?

무분별한 외래어 남용의 결과는 단순한 우리말의 위축에 끝나지 않고 다음과 같은 두 가지 심각한 문제를 야기시킨다. 첫째는 사고思考의 변질이다. 우리가 영어식 표현에 익숙해지면 모든 것을 미국식으로 사고하기 쉽고, 일본식 표현을 자주 쓰다 보면 일본식 사고에 젖게 마련이다. 한 민족이 사용하는 언어는 그 민족의 사고의 유형을 지배하기 때문이다. 젊은이들의 세계에서 춤이라면 디스코만 있는 줄 알고, 노래라면 팝송이 먼저 떠오르며, 심지어 여자들의 머리를 노란색으로 물들이는 따위의 풍조는 결코 외래어 남용과 무관하지 않을 것이다. 이렇게 되면 민족문화는 더 이상 계승·발전되지 못하고 골동품의 위치로 전락하고 만다. 그리고 종국에는 강대국의 문화 식민지가 됨을 면할 길이 없다.

둘째는 계층간의 위화감을 조성한다는 사실이다. 고층 건물의 승강기 안에는 조작 지시문이 모두 영어로 표기되어 있다. 영어를 모르는 사람이 혼자 승강기를 탔을 경우, 말할 수 없이 당황하리라는 것을 쉽게 짐작할 수 있다. 뿐만 아니라 우리나라에서 생산되는 가전제품에도 그 조작법은 예외 없이 영어로 씌어 있고, 공연장 등 공공건물의 안내문도 영어 표기가 많다. 이쯤 되면 "이 나라가 누구의 나라인가?" 하는 말이 나올 법도 하다.

영어를 아는 사람만이 행세할 수 있고. 영어를 아는 사람만이 문화 시설을 이용할 수 있는 사회가 되어서는 안 된다. 우리나라 사람이면 꼭 같은 권리를 가지고 꼭 같은 혜택을 받을 수 있도록 되어야 한다. 이조시대에는 양반 사대부들이 한자漢字를 사용함으로써 그들의 신분적인 우월을 과시하는 수단으로 삼았지만 지금은 그때와 같은 중세 사회가 아니다. 모든 사람들이 평등하게 살 수 있는 권리를 가지고 있는 자유민주주의 사회이다. 그렇지 않아도 경제적인 불평등이 심화되고 있는 이때에 언어마저 불평등의 도구가 되어서는 안 되겠다.

다시 말하거니와 우리말은 우리가 지키지 않으면 아무도 지켜 주지 않는다. 오히려 우리말을 파괴하려는 음모가 도처에 도사리고 있다는 사실을 명심해야 할 것이다.

(1986)

작은 거인이 남기고 큰 유산

1995년 11월 29일자 『뉴스위크』 한국어판에 실린 어느 외국인의 글을 읽고 나는 커다란 충격을 받았다. 그는 '안선제' 라는 한국 이름을 가진 서강대학교 영문과 교수인데 그의 글에는 다음과 같은 요지의 내용이 들어 있었다.

그가 어느 날 부산행 열차를 탔는데 6~7세 가량의 두 소년이 기차 안에서 책을 보고 있는 흥미로운 장면을 구경했다는 것이다. 기차 안에서 책 읽는 광경을 보고 '흥미롭게' 여겼다는 안 교수의 말에 나는 다소 자존심이 상했다. 그러나 정작 나를 더욱 당황하게 만든 것은 그의 다음 말이었다.

"필자가 강한 인상을 받은 것은 그것이 한국에서는 워낙 보기

드문 광경이었기 때문이었다. 그런지라 한국인임이 분명한 부모가 그들에게 영어로 말하는 것을 듣고도 놀라지 않았다. 어릴 때부터 아이들에게 독서를 권장하는 것을 보니 그들은 외국에서 살다 온 게 분명했다."

이 얼마나 모욕적인 발언인가! 그러나 안 교수의 말에 일면적인 타당성이 있다는 것을 부인할 수 없다. 외국인이 그린 부끄러운 우리의 초상화를 보는 것 같은 느낌이 들었다. 난해한 세계문학 읽는 재미는 어릴 때 익혀야 한다는 것이 안 교수의 생각이다. 그래서 영국의 중·고등학교 교육 과정에는 고전 명작 읽기가 들어 있다고 했다.

우리나라에서도 1970년대에 중·고등학교에서 고전 읽기 운동을 벌인 일이 있다. 한국자유교육협회에서 『세계고전선집』을 번역·출간하여 학생들에게 의무적으로 읽힌 바 있었다. 그때 이 협회는 "조상의 얼을 되살려 민족 중흥의 일꾼이 될 참된 국민의 교양을 위한 고전 읽기 운동을 문교부·문화공보부의 지원으로 비영리 단체인 한국자유교육협회가 전개하고 있습니다"라고 이 운동의 의의와 목적을 밝혔다.

그럼에도 불구하고 도서 보급을 둘러싼 이권 때문에 잡음이 생겨 얼마 가지 않아 중단되고 말았다. 참으로 안타까운 노릇이다. 안선

제 교수는 물론 한국에도 이런 운동이 있었다는 사실을 몰랐을 것이다. 어쨌든 참담한 실패로 끝난 이 고전 읽기 운동 이후에는 교육적인 차원의 조직적 고전 읽기 움직임이 없었다.

이 시점에서 우리는 다시 한번 고전에 대하여 성찰해 볼 필요가 있다. 도대체 고전이란 무엇이며 왜 고전을 읽어야 하는가에 대한 한국인으로서의 마음가짐을 새롭게 다질 필요가 있다. 고전이 책만을 뜻하는 것은 아니지만 책에 한정해서 말한다면 단순한 옛날 책이 아닌 영원한 생명력을 지닌 책을 말한다. 영원한 생명력을 지닌다는 것은 시대를 초월하여 항상 현재성을 지닌다는 말이다. 예를 들어 셰익스피어의 작품들과 『논어論語』의 구절들은 어느 시대에나 그것을 읽는 사람들로 하여금 삶의 문제에 대하여 해답을 제공해 준다. 그러므로 인간이 세계의 본질과 죽음과 사랑 등에 대한 사색을 멈추지 않는 한 고전은 언제나 유효한 생명력을 지닌다.

그러나 고전을 읽는다는 것이 그렇게 쉬운 일은 아니다. 나의 경험으로는 고전 읽기가 하나의 고역이었다. 나의 중·고등학교 시절인 50년대 말경에는 정음사에서 매달 한두 권씩 출간되는 세계문학전집이 세계의 고전과 접할 수 있는 유일한 통로였다. 『카라마조프의 형제들』이나 『파우스트』 같은 책들이 서점에 진열되자마자 사서는 밤을 새워 가며 읽었다. 그 당시 이 책들은 재미없고 딱딱하게만 느껴졌다. 내용의 10분의 1도 이해하지 못하면서 의무적으로 읽어

나갔던 기억이 난다. 사실 중·고등학교 학생으로서 여간한 인내심 없이는 읽을 수 없는 일이었다.

그러다가 대학에 들어가서 필요에 의해 이 책들을 다시 읽었을 때 비로소 어렴풋이나마 이 책들의 의미가 가슴에 와 닿는 것 같았다. 그 후 나이가 들면서 "역시 고전이구나" 하는 생각이 굳어졌다. 말하자면 고전은 오랜 시간을 거치면서 많은 사람들의 검증을 받은 책이다. 그러므로 그것이 비록 고역일지라도 어릴 때부터 고전을 가까이하는 습관을 길러야 하는 것이다.

이제 한국의 고전을 살펴보자. 인생을 바르게 살기 위해서 세계의 고전을 두루 읽어야 하는 것은 너무도 당연한 일이다. 그러나 우리가 한국인이기 때문에 한국의 고전 또한 당연히 읽어야 한다. 우리가 한국의 고전을 읽어야 하는 것은 단지 우리가 한국인이기 때문만은 아니다.

한국에는 세계의 고전들과 어깨를 겨루어도 손색이 없을 만큼 훌륭한 고전이 많다. 우리나라가 비록 동아시아의 한쪽 끝에 자리잡은 작은 나라이지만 우수한 문화를 창조한 문화 민족이었다. 문화적인 면에서 말한다면 '작은 거인' 이라 불러도 좋을 것이다. 우선 퇴계退溪의 성리학性理學만 하더라도, 성리학을 이론적으로 집대성한 중국의 주자朱子를 어느 면에서 능가하는 업적을 남겼다. 뿐만 아니라 신라의 고승高僧 원효元曉가 쓴 『대승기신론소大乘起信論疏』는 중국에서도 원용하는 불교의 고전이다. 『삼국사기』 『삼국유사』 『고려사』를 비롯한 여러 역사책에서는 자랑스러운 우리의 역사를 돌이켜볼 수 있고, 역사 속에 명멸한 수많은 인물들의 숨결을 느낄 수 있다.

우리가 지금 실학자라 부르는 정약용丁若鏞, 박지원朴趾源 등의 저술에서는 한 시대를 앞선 선각자들의 고뇌에 찬 열정을 읽을 수 있다. 『목민심서牧民心書』를 비롯한 다산茶山의 여러 저작을 통하여 우리는 그가 당시의 민족 현실을 얼마나 예리하게 분석했으며, 이 분석을 토대로 국가를 어떻게 재건해야 하는가에 대한 그의 통찰력을 감지할 수 있다. 그리고 이 통찰력은 오늘날에도 우리에게 깊은 교훈을 준다. 그래서 고전인 것이다. 연암燕巖의 『열하일기熱河日記』도 마찬가지이다. 이 책은 단순한 기행문이 아니고 낙후한 조선을 문명화시키자는 부국론富國論이다.

신라 때부터 조선 중기까지의 시문詩文들을 뽑아 모은 방대한 양의 『동문선東文選』은 향기 짙은 문학 작품을 감상할 수 있게 해 준다. 여기 수록된 한시漢詩는 말할 것도 없고 주옥같은 산문에서 우리 선인들의 삶의 자세와 생활의 지혜를 배울 수 있다. 이러한 작품들은 한국 땅에 살면서 한국인의 생활 감정과 정서를 진솔하게 표현한 우리 문학의 고전이다.

나는 몇 년 전 중국에서 소위 5대 명의名醫의 한 사람이라고 불리는 분을 만나 담소할 기회를 가졌는데, 놀랍게도 그로부터 『동의보

감東醫寶鑑』의 우수함을 찬양하는 말을 들었다. 중국에도 이렇게 체계화된 한의학 서적이 없었다는 것이다. 자기도 대학에 다닐 때 이 책으로 공부했다는 말을 덧붙였다.

앞에서 열거한 책들은 방대한 우리 고전의 일부분에 불과하다. 이 밖에도 각 분야에 걸친 고전들이 우리의 눈길을 기다리고 있다. 이 고전들은 우리 선조들의 지혜가 응축된 정신 활동의 결정結晶이다. 그러므로 오늘의 한국 문화를 구축해 온 한국의 고전을 읽어야 하는 것은 한국인으로서 너무나 당연한 일이다. 우리가 우리의 고전을 사랑하고 읽을 때 외국인으로부터 모욕적인 말도 듣지 않게 될 것이다.

한국의 고전이 대부분 한자漢子로 기록되어 있기 때문에 일반인들이 접근하기 어려운 것도 사실이다. 적어도 나의 학창 시절 때까지는 한국의 고전을 읽을 방법이 없었다. 번역본이 드물었기 때문이다. 그러나 요즈음은 사정이 달라졌다. 민족문화추진회를 비롯한 여러 기관에서 중요한 고전을 속속 번역하고 있으며, 일반 출판사도 한국 고전의 번역·출간에 많은 관심을 기울이고 있다. 이제는 누구나 손쉽게 고전을 접할 수 있게 되었다.

복잡하고 기능화된 현대 산업사회에 적응하기 위해서는 고전 따위를 읽을 필요가 없다고 생각할지 모른다. 그러나 그럴수록 고전 읽기의 필요성은 더욱 절실하다고 하겠다. 황폐화된 현대 사회에서 차분하게 자신의 삶을 되돌아보게 할 수 있는 방법으로 고전 읽기

말고 또 무엇이 있겠는가!

(1996)

본분으로 돌아가자

이조 후기의 실학자인 연암 박지원이 유한준兪漢雋이란 사람에게 보낸 편지에 다음과 같은 대목이 있다.

　그 본분으로 돌아가야 하는 것이 어찌 문장뿐이겠소? 온갖 종류의 일체 만사가 다 그러합니다. 화담花潭 서경덕徐敬德이 밖에 나갔다가 집을 잃고 길에서 울고 있는 자를 만나게 되어,
　"너는 왜 우느냐?"
했더니 대답하기를,
　"저는 다섯 살 때 소경이 되었는데 지금 스무 살입니다. 아침에 밖에 나와 다니다가 갑자기 환하게 밝아진 천지만물을 보게 되었습니다. 기뻐서 집으로 돌아가려 했더니 논두렁길엔 갈림길이 너

무 많고, 드나드는 문들은 똑같아서 제 집을 알아 낼 수가 없었습니다. 이 때문에 웁니다."

했습니다. 선생이 말하기를,

"내가 너에게 돌아갈 방법을 가르쳐 주마. 네 눈을 도로 감고 가면 곧 네 집에 이를 것이다."

했습니다. 이에 소경은 눈을 감고 지팡이로 더듬으며 발길에 맡겼더니 바로 도착하게 되었습니다.

이는 다름 아니라 사물의 형상이 전도顚倒되고 희비喜悲의 감정이 작용한 때문인데 이것이 망상을 이루는 것입니다. 지팡이로 더듬고 평소의 발길에 맡겨 두는 이것이야말로 우리들이 본분을 지키는 도리요 제 집으로 돌아가는 증인證印입니다.

이 이야기에서 연암이 말하고자 하는 바는 본분을 지키라는 것이다. 더 구체적으로는 조선 사람은 조선 사람의 본분을 지켜야 한다는 것이고, 좀더 구체적으로 말하면 조선 사람이 조선 땅에서 글을 쓸 때에 맹목적으로 중국 글을 모방하지 말고 조선 사람의 본분을 지켜서 조선의 얼이 담긴 글을 써야 한다는 것이다. 말하자면 이 글은 유한준의 글쓰기에 대한 충고이다.

그러나 대부분의 지식인들이 표기수단으로 한자漢子를 사용하고 있던 당시의 실정에서 이 같은 연암의 생각에는 한계가 없을 수 없

다. 그래서 그는 같은 사람에게 준 편지에서,

> 맹자孟子가 말하기를,
> "성姓은 공통적인 것이나 이름은 독자적이다."
> 했습니다. 같은 식으로,
> "글자는 공통적인 것이나 문장은 독자적이다."
> 하고 말할 수 있겠습니다.

라고 하여 중국인이나 우리나라 사람이나 다 같은 한자를 쓰지만 써 놓은 글의 내용은 다를 수 있고 또 달라야 한다는 점을 강조하고 있다. 한자로 글을 쓴다고 해서 글의 내용이나 문체까지도 중국식이어야 할 필요가 없다는 말이다.

연암의 이러한 발상은 그의 주체적 사고에서 나온 것이다. 소경의 이야기가 다소 극단적인 비유라는 느낌을 주지만, 우리가 주체성을 망각하고 자신의 본분을 지키지 않으면 제 집도 바로 찾아가지 못하는 소경처럼 될 수도 있음을 연암은 경고한 것이다. 실제로 연암은 그의 작품에서 '조선적인' 내용을 담으려고 노력했으며 대담하게 조선식 한문을 구사하여 물의를 일으키기도 했다. 정조正祖 연간의 소위 문체파동文體波動이 그것이다.

이 소경의 이야기는 오늘날 우리에게 많은 것을 생각하게 해 준다. 오늘 이 땅에 살고 있는 우리는 과연 우리의 본분을 지키며 살아가고 있는가? 거리에 나서면 이 나라가 어느 나라인지 모를 정도로 '우리 것'을 찾아보기 어렵다. 젊은이들의 옷차림이나 머리 모양은 고사하고 주고받는 말씨까지도 이상하게 변질되어 있다. TV 화면에 나오는 가수들의 노래 가사도 분명히 우리말인 것 같은데 알아듣지 못할 경우가 많다. 우리나라 사람이 우리말로 노래를 부를 때에는 정확한 우리말을 구사해야 하는 것이 가수의 본분이 아니겠는가?

뿐만 아니라 요사이 어린이들 중에는 김치나 된장을 먹지 않는 아이들이 많다고 한다. 냄새가 싫다는 것이다. 이 아이들이 좋아하는 것은 당연히 피자나 햄버거 같은 서양 음식이다. '입맛의 세계화'를 내세워 이런 현상을 변호하는 사람도 있지만, 문제는 입맛의 변화에 그치지 않고 사고의 형성에까지 영향을 미친다는 데에 있다. 요사이 유아원, 유치원 아동들을 대상으로 한 영어 교육 기자재가 불티나게 팔린다고 한다. 아직 자주적 사고 능력이 형성되지 않은 나이에 "안녕하세요?" 말 대신에 "굿모닝"을 먼저 배우고, 김치와 된장이 사라진 식탁에서 피자와 햄버거를 먹으며 자란 아이들이 후에 어떤 유형의 성인成人이 되리라는 것은 쉽게 짐작할 수 있다.

외래 문화를 받아들이는 것 자체가 나쁜 것은 아니다. 그러나 굳건한 주체적 바탕 위에서 선택적으로, 자주적으로 받아들이지 않으면 자칫 상대방 문화의 아류로 전락하고 말 것이다. 우리 민족은 유구한 전통과 독자적인 문화를 가진 우수한 민족이다. 이러한 문화 전통을 계승·발전시키려는 적극적인 의지 없이 외래 문화를 무분별하게 받아들이고 맹목적으로 모방한다면, 필경에는 갑자기 눈뜬 소경처럼 자기 집도 찾지 못하고 헤매게 될 것이다.

(1986)

열차 식당의 음식

　얼마 전 기차로 시골을 내려가면서 열차 식당에 들렀다. 점심을 먹기 위해서였다. 그런데 종업원이 가져다 준 차림표에는 마음에 내키는 음식이 없었다. 차림표에는 햄버거, 스테이크, 샌드위치, 피자 등 서양 음식들만 나열되어 있었다. 원래 서양 음식을 좋아하지 않는 나 자신을 탓하기도 했지만 한편으로는 슬며시 화가 나는 것을 누를 수 없었다. 우리나라에서 우리나라 사람들을 태우고 운행하는 기차에서 왜 우리나라 음식을 팔지 않고 서양 음식만 파는가? 국물을 위주로 하는 한국 음식은 흔들리는 열차 안에서 쏟아질 염려가 있기 때문이겠거니 하고 스스로를 달래 보기도 했다. 결국 일본 음식인 도시락을 주문했는데, 도시락과 함께 따라나오는 장국을 보고서 나는 서양 음식을 파는 것이 국물 때문이 아님을 알았다.

생각이 여기에 미치자 며칠 전에 들은 친척 아주머니의 말이 얼핏 떠올랐다. 자기의 딸애가 초등학교 3학년인데 김치와 된장을 먹지 않는다는 것이다. 냄새가 싫다는 것이 그 이유이다. 참으로 놀라운 일이다. 물론 우리나라 사람이라고 해서 김치나 된장을 의무적으로 먹어야 하는 것은 아니다. 그러나 이것은 단지 김치와 된장의 문제로 끝나는 것이 아니다. 모든 생활 양식이 서구화되어 가는 일면을 보여준다는 데에 문제의 심각성이 있다.

학교에서 서양 음악과 서양 미술만을 배운 학생들이 김치와 된장보다 치즈나 햄버거를 더 좋아하는 것은 당연한 일인지도 모른다. 더구나 제6차 교육과정 개정안에서 제안한 대로 초등학교에서 영어를 가르친다면 이 땅의 젊은이들은 그야말로 정신적 무국적자無國籍者가 될 염려가 있다. 열차 식당의 음식은 이러한 염려의 농도를 더욱 짙게 해 준다.

(1992)

자식 같은 쌀, 지켜야 한다

　내가 어렸을 땐 고향 들판에 목화꽃이 하얗게 피곤 했다. 새하얀 목화꽃이 탐스럽게 피어 있는 마을의 풍경은 아름답기 그지없었다. 그러나 그 아름다운 풍경을 바라보는 즐거움도 즐거움이지만 아이들에게는 꽃봉오리를 따먹는 재미가 바라보는 즐거움보다 더 컸다. 갓 맺힌 어린 봉오리를 입에 넣고 씹을 때의 그 달착지근한 맛은 지금도 잊을 수가 없다.

　누구나 그렇겠지만 어릴 적의 고향을 생각하면 아름다운 추억만 남게 마련이다. 늙은 뽕나무 위에 올라가 잘 익은 오디를 따먹느라고 입술을 검붉게 물들이던 일, 벼가 누렇게 익은 논에서 메뚜기를 잡던 일 등이 고향의 추억이다. 어디 그뿐인가. 남의 밀밭에 몰래 들어가 베어 낸 밀을 모닥불에 구워먹던 밀 서리의 추억도 있다. 그때 우리는 불에 탄 밀을 먹느라 입 주위가 온통 시꺼멓게 되었다. 그때의 밀은 어쩌면 그렇게도 맛이 있었던지.

그런데 지금 시골에 가면 목화밭도 없고 밀밭도 없고 메뚜기도 사라졌다. 드문드문 눈에 띄는 뽕나무도 옛날의 뽕나무가 아니어서 오디가 열리지 않는다.

이런 것들이 왜 없어졌는가? 목화밭과 밀밭이 언제부터 없어졌는지, 그리고 왜 없어졌는지 분명히 알 수는 없지만 한 가지 확실한 것은, 목화와 밀을 지금 미국으로부터 수입하고 있다는 사실이다. 우리나라에서 재배하는 것보다 수입하는 것이 가격 면에서 훨씬 저렴하다는 것이 수입하는 이유였을 것이다. 초기에는 그랬을지 모른다. 그러나 그 후 사정은 차츰 달라졌다.

양말을 예로 들어 보자. 내가 초등학교에 다니던 50년대 후반에는 면양말이 나일론 양말보다 값이 훨씬 쌌다. 그러나 우리나라에서 목화밭이 완전히 자취를 감춘 후부터 면양말이 귀해지고 값도 오르기 시작했다. 지금은 면양말이 최고급 상품이 되었다.

어디 양말뿐인가. 다른 의류도 마찬가지이다. 면제품임을 나타내는 구겨진 자국이 있는 옷을 입고 다니는 것이 돈 많은 여자들의 자랑거리가 되었다. 물론 위생적인 면에서 면제품을 선호하기 때문에 값이 오르는 측면도 있을 터이지만 미국이 가격을 조작했을 가능성도 배제할 수 없다. 미국이 마음먹기에 따라서 얼마든지 가격을 조작할 수 있기 때문이다. 그러고 보면 우리나라에서 목화밭이 사라진 것은 미국 남부의 광활한 농장에서 생산되는 목화를 팔아먹기 위한 고도의 술책과 관계가 있음을 알 수 있다.

밀도 마찬가지이다. 지금 우리가 소비하는 밀은 전량을 수입에 의존하고 있다. 한때 분식 장려라는 정부의 강압적인 정책에 힘입어 소중한 외화를 소비하면서 밀을 수입한 결과 이제는 젊은이들의 입맛까지 바꾸어 놓았다. 요즈음 아이들이 좋아하는 햄버거나 샌드위치 등은 모두 밀가루 제품들이다. 이렇게 밀가루로 만든 서양 음식을 좋아하다 보니 쌀밥과 함께 먹는 김치와 된장을 멀리하는 현상까지 생겼다. 이제 미국의 식량 상인들이 마음만 먹으면 당장 식량 파동이 일어날 수도 있게 되었다. 우리나라에서는 이미 밀을 생산할 수 없는 형편이기 때문이다.

이런 판국에 미국은 또 우리의 쌀 시장을 개방하라고 으름장을 놓고 있다. 밀밭을 없앰으로써 한국의 밀가루 공급원을 완전히 장악한 미국이 이제는 우리의 논을 없애려 하고 있다. 어린이들의 식성이 아무리 바뀌어도 한국인이 수천 년 동안 주식으로 먹어 온 쌀을 완전히 버릴 수 없다는 사실을 간파한 미국이 그 쌀에까지 눈독을 들이고 있는 것이다.

우리 민족에게는 쌀이 단순한 식량 이상의 의미를 지니고 있다. 우리 조상들은 수천 년 동안 볍씨를 뿌려서 모내기하고 김매고 추수

하는 것을 자식 돌보듯이 해 왔다. 가뭄이 들어 논바닥이 갈라지면 자신의 가슴이 갈라지듯 아파했고, 풍년이 들어 이삭이 주렁주렁 매달리면 마치 자식이 높은 벼슬이라도 한 듯이 기뻐했다. 이렇게 한국인들의 쌀에 대한 애정은 거의 맹목적이다. 그러므로 농민들로부터 쌀을 빼앗는다면 농민들은 모든 것을 빼앗긴다고 생각한다. 이와 같은 한국 농민들의 전통적 정서를 미국은 고려해야 할 것이다.

쌀은 우리의 주식인데 한 나라의 주식의 공급권마저 틀어쥐겠다는 것은 너무나 비열한 짓이다. 쌀 이외의 거의 모든 것을 개방한 마당에 주식인 쌀만큼은 존중해 주는 것이 우방으로서의 도리가 아닌가 생각한다.

또한 우리는 미국산 쌀의 품질을 믿을 수 없다. 어느 보고에 의하면 미국에서는 쌀이 주식이 아니기 때문에 농약 잔류 허용 기준치가 그들의 주식인 밀보다 훨씬 높다고 한다. 이러한 쌀이 국내 가격의 5분의 1 가격으로 들어온다면 우리 농업의 장래는 불을 보듯 뻔한 일이다.

목화밭도 사라지고 밀밭도 사라진 농촌에 논마저 사라진다면 그 쓸쓸함과 황량함을 어찌 견딜 수 있으랴. 농약 때문에 없어진 메뚜기가 유기농법 등의 덕분에 다시 나타난다고 하는데, 이제 그 메뚜기조차 고향 땅에서 영원히 볼 수 없게 해서는 절대로 안 된다.

(1992)

우리를 슬프게 하는 것들(1)

　낮 기온과 밤 기온이 같은 대구의 여름은 나를 못마땅하게 한다. 어디를 가도 신나는 일은 하나 없고 , 모두가 더위에 삶겨 축 늘어져 있는 대구의 여름. 언제 왔는지도 모르고 저 혼자서 달아나 버리는 서울의 가을도 나를 못마땅하게 한다. 시월 산정山頂의 낙엽을 바라보며 인생의 깊이를 생각할 여유도 주지 않고, 찬비 내리는 포도鋪道 위에서 지금은 곁에 없는 사람들을 실로 오랜만에 생각해 볼 여유도 주지 않고 사라져 버리는 서울의 가을. 여인들의 옷매무새와 라디오, 텔레비전의 요란스런 부르짖음과 각종 행사를 통해서 강요당하기라도 하듯 느끼는 지극히 논리적인 서울의 가을이 나를 못마땅하게 한다.

　우리들은 실로 얼마나 많은 못마땅한 것들에 둘러싸여 있는가! 연극이 시작된 지 이십여 분이 넘은 극장 안을 의기양양하게 걸어 들어오는 '숙녀'의 하이힐 소리, 강의 시간에 교실 문을 열고 무엇인가를 조사하는 듯한 정체 모를 사람의 음험한 눈초리, 실험대학이 생긴 이래 영문과로만 몰리는 철없는 학생들의 태도, 직장을 옮길 때마다 요구하는 산더미 같은 각종 서류…. 이런 것들이 우리를 못마땅하게 한다.

까뮈의 『이방인』이나 미시마 유끼오의 『금각사』를 읽을 때 느끼는 말할 수 없는 못마땅함은 다산茶山 정약용丁若鏞의 시나 단재丹齋 신채호申采浩의 소설을 읽는 것으로 얼마간 보상받을 수 있다. 그러나 만일, 불량상품으로 신문에 기사가 실린 그 상품 회사에서, "본사 상품은 불량상품이 아닙니다"라는 해명서가 또 그 신문에 났을 경우 우리가 아무리 못마땅한 표정을 지어 봐도 별 수 없는 일이 아닌가. 아이들을 데리고 오랜만에 가 본 해수욕장에서 콜라 한 병 값으로 삼백 원을 지불하지 않을 수 없을 때의 못마땅함은 또 어디에 가서 호소해야 할까?

창가에 앉아서 지난 일들을 생각할 때 불쑥 머리에 떠오르는 잊어 버리고 싶은 기억들, 그 쑥스러움이 나를 못마땅하게 한다. 은행잎이 곱게 물들어 가득히 쌓인 동숭동 대학 교정의 어느 가을날 오후, 도서관과 다방과 극장과 술집 사이에서 망설이던 나 자신에 대한 못마땅함.

아! 못마땅한 것들이 무더기로 몰려온다. 왜 세상에는 못마땅한 것들이 이렇게도 많은가. 뻔한 멜로드라마를 보기 위해서 극장 앞에 줄을 서 있는 사람들의 기대에 찬 모습들, "잔디밭에 드러가지 마시오"라고 씌어 있는 고궁의 팻말, 동전만 잡아먹는 고장난 공중전화통, 백 명이 넘는 학생들로 가득 찬 여름날 오후의 강의실…. 이런 것들이 우리를 말할 수 없이 못마땅하게 한다.

일본 노래, 일본 영화는 금지하면서 미국 노래, 미국 영화는 무절제하게 허용하는 당국의 처사가 우리를 못마땅하게 한다. 접시를 '사라'로 발음하는 음식점 종업원을 꾸짖으면서 대사大使를 '엠베써더'라 부르는 점잖은 대학교수도 우리를 못마땅하게 한다. 죽도록 공부만 하란다고 해서 죽도록 공부만 하는 시늉을 내는 멋대가리 없는 학생들이 또 우리를 못마땅하게 한다.

어릴 때 동무들과 풀밭에 앉아서 네잎클로버를 찾던 기억을 되살려 본다. 그때는 세상에 행복보다 불행이 더 많은가 보다고 생각했다. 그러나 좀 자란 뒤에는 왜 사람들이 흔하지 않은 네잎클로버를 하필 행복의 상징으로 삼았을까 하고 생각했다. 그 네잎클로버가 흔하지 않은 사실에 대하여 느끼던 못마땅함을 생각해 보면 세상에 마땅한 일보다 못마땅한 일이 더 많다는 사실을 그리 못마땅하게 여기지 말아야 하는 것인지도 모르겠다.

(1979)

우리를 슬프게 하는 것들(2)

　1980년 봄. 봄이 와도 봄 같지 않은 봄이 우리를 슬프게 한다. 쫓겨난 교수들이 다시 돌아오고 제적당한 학생들이 복교되는 이 찬란한 삼월에 느닷없이 몰아닥친 꽃샘추위가 우리를 슬프게 한다. 이 추위 속에 열린 제적학생 복교 환영 대회장의 스산한 분위기가 또 우리를 말할 수 없이 슬프게 한다. 꽃샘추위를 녹일 만한 학생들의 열기가 단숨에 봄을 몰고 오리라고 생각했는데…. 우리를 슬프게 하는 너무나 많은 것들이 우리에게서 우리의 봄을 빼앗아 가려 하고 있다. 밤에만 돌린다는 안양천 변 공해 공장이 우리를 슬프게 하고, 돈을 흔들며 몇 번이고 소리쳐야 주문받는 교수식당 종업원들이 우리를 슬프게 한다. 좁은 명륜동 길을 비집고 다니는 대형 버스의 소음이 우리를 슬프게 하고, 다방에 앉아 "날계란 주세요"란 주문에

"에그요?"라고 되묻는 여자 종업원의 냉소가 우리를 슬프게 한다. 또한 금화터널을 지날 때마다 보이는 독립문의 초라한 모습이 우리를 슬프게 한다.

"한 집에 한 등 *끄기*"식의 구호로 석유 위기를 해결하려는 당국의 처사가 우리를 슬프게 한다. 몇 사람밖에 타지 못하는 승용차의 생산을 중단하고 대중교통 수단을 지원하면 "한 집에 한 등 *끄기*"보다 몇 배의 효과를 얻을 수 있고 고질적인 교통난도 해결될 것이 아닌가? 뿐만 아니라 이렇게 해서 자가용차가 줄어들면 국민 상호간의 위화감을 없앤다는 부수적인 효과도 얻을 수 있을 텐데…. 서민이 마시는 술을 외면하고 값비싼 서양 술 선전에만 열을 올리는 주류 제조업자도 우리를 슬프게 하지만 '거북선'을 능가하는 최고급 담배의 생산 준비가 완료되어 국민들의 눈치만 살피고 있다는 신문 보도가 우리를 더욱 슬프게 한다. 임금과 신하, 주인과 하인의 주종 관계를 강조하려는 듯한 TV 사극이 우리를 슬프게 하며, 돈 받고 부정입학시켜 준 어느 대학의 경우는 슬픈 정도를 넘어서 우리를 불쾌하게 하고 분노하게 한다.

우리의 봄을 망쳐 놓은 슬픈 이 모든 것들이 언제나 없어질 것인가? 어둡고 긴 겨울이 가고 봄은 정녕 오는 것인가?

20년 전의 봄은 정말 봄다웠다. 추위가 꽃피는 것을 시샘하지 않아서 때맞춰 진달래도 곱게 피었었다. 그리하여 진달래보다 붉게 살다간 우리의 형제들은 수유리 산기슭에 누워서도 새봄의 향기를 마음껏 마실 수 있었다. ☐☐☐☐☐☐☐☐ ☐☐☐☐☐☐☐☐ ☐☐☐☐☐☐☐☐ ☐☐☐☐☐☐☐☐ ☐☐☐☐☐☐☐☐.

　빼앗긴 들에도 봄이 오느냐고 절규하던 시인의 음성이 다시는 우리 귀에 들리지 않게 하라. 저 만치서 머뭇거리고 있는 봄을 맞아들여 우리 모두의 봄이 되게 하자. 꽃신 신고 ☐☐☐☐☐☐☐봄 잔치를 벌이자.

(1980)

---

* ☐는 계엄 당국의 검열을 받아 삭제된 것임.

우리를 슬프게 하는 것들(3)

　도서관 앞에 만발한 벚꽃, 여기저기 피어 있는 개나리 진달래꽃, 그 꽃 그늘에 앉아 사진을 찍는 여학생들의 모습, 정녕 꽃 피고 새우는 봄이 오긴 왔나 보다. 그러나 이 찬란한 봄과 함께 어우러져 피어 있는 꽃들을 시샘하는 비바람의 횡포가 우리를 못마땅하게 하고, 금잔디 광장에 가득히 내려앉은 '잡새'들이 우리를 못마땅하게 한다. 봄과 함께 입학한 신입생들, 교수의 말을 한마디도 빠뜨리지 않고 공책에 적으면서 오로지 학점만을 생각하는 멋대가리 없는 고등학교 4학년 학생들이 또한 우리를 못마땅하게 한다. 하지만 이 같은 현상이 학생들만의 책임이 아니라는 사실에 생각이 미칠 때 못마땅함은 더욱 더해진다.

　아름다운 이 봄에 우리는 너무나 많은 못마땅한 것들에 둘러싸여 있다. 교수들을 태운 학교 버스가 교문을 통과할 때마다 부동자세로 거수경례를 하는 수위 아저씨, 졸업정원제에 걸려 탈락하자 자살을 기도한 어느 대학생, 수백 명의 학생을 모아 놓고 마이크 앞에서 '강의' 아닌 '강연'을 해야 하는 교수들, 명륜동 마당의 늙은 은행나무 가지에 아직도 끼여 있는 1980년 5월의 불발 최루탄, 이런 것들이 우리를 우울하게 하고 우리를 슬프게 한다.

명륜동 골목에 맹렬한 속도로 불어 나는 전자오락실이 우리를 못마땅하게 한다. 단속법규가 마련되지 않아서 방치해 둔다는 당국의 변명은 우리를 허탈하게 한다. 시내버스 안에서 잠시 잠잘 자유도 주지 않는 요란한 라디오 소리가 우리를 못마땅하게 한다. "앉은뱅이도 일으키고 장님도 눈뜨게 하는 살아 있는 하느님…" 운운하는 부흥회 선전문을 읽었을 때의 당혹감은, 미아리 고개를 지나면서 '흑장미 처녀 점성가' 등의 간판이 나날이 늘어 가고 있는 것을 볼 때의 불쾌감 못지 않게 나를 못마땅하게 한다.

고급 호텔을 빌려서 꽃꽂이 아닌 '돈꽂이'를 한다는 철없는 아줌마들이 우리를 못마땅하게 하고, 지렁이도 미국산이 좋다고 비싼 값으로 사먹는 돈 많은 영감님들이 우리를 못마땅하게 하는가 하면, 어느 회사의 간부를 때려 숨지게 하여 민주 경찰에 먹칠을 한 폭행 경찰관이 우리를 너무나 못마땅하게 한다. 새로 건설된다는 목동 '뉴타운', 그 이름이 나를 못마땅하게 한다. 목동 '새 도시' 쯤으로

부를 수는 없을까? 여기가 미국 땅도 아닌데 '뉴타운'이라니. 교수
와 학생 간의 정다운 대화, 열띤 토론이 사라진 냉랭한 교정에서 굳
이 못마땅한 일만을 골라 내어 글을 쓰고 있는 나 자신이 나를 못마
땅하게 한다.

　그러나 어찌하랴, 이 주체할 수 없는 못마땅함을 달랠 길이 없는
것을. 변두리 술집에 가서 소주나 마셔 볼까? 예쁜 여배우가 나오는
영화나 보러 갈까? 아니면 잠실운동장으로 프로야구나 구경 갈까?

　그러나 세상에는 못마땅한 일만 있는 것은 아니리라. 학생들의 초
롱초롱한 눈망울을 대할 때, 그리하여 그 눈망울 속에 조국의 장래
가 응축되어 있음을 이심전심以心傳心으로 느낄 때, 나는 내 못마땅
함이 한갓 넋두리에 지나지 않는 것임을 불현듯 느끼기도 한다.

(1983)

우리를 슬프게 하는 것들(4)

요즈음 일간신문에는 우리를 즐겁게 해 주는 기사보다 우리를 못
마땅하게 하는 기사가 더 많다. 어떤 때는 기사 내용보다 하단의 광
고란이 이러한 못마땅함을 더욱 부채질해 주기도 한다. 가령 다음과
같은 경우,

"한국 최초의 워크아웃 패션 체인스토아 제나두 스트리트의 개
장."

이게 무슨 말인가? 못마땅하기 짝이 없다. 또 어느 날의 광고란에
는 서울 시내 다섯 개 개봉관의 영화 광고가 나란히 붙어 있었다. 그
제목만 옮겨 보자. '어게인스트' '마리아스 러브' '프로젝트 A'

'007 옥터퍼시' '드레스드 킬', 이런 식으로 가다간 우리말이 아주 없어지지나 않을까 하는 우려가 나를 못마땅하게 한다.

다음과 같은 책 광고가 또 나를 못마땅하게 한다.

"내가 이 소설 속의 주인공 독고윤을 만나면 호주머니를 털어서라도 꼭 술을 살 것이다. 왜냐하면 그같이 슬프고 순수한 사람을 만난 적이 없으니까. 내가 이 소설 속의 여주인공 미란을 만나면 모짜르뜨의 레퀴엠을 들려주면서 진짜 사랑을 시도해 볼 것이다. 그녀처럼 아름다운 여성을 이 현실 속에서는 만난 적이 없으니까."

이것은 어느 문학 평론가가 쓴 장편소설의 광고 문안에 삽입되어 있는 한 유명 작가의 독후감이다. 도대체 그같이 "슬프고 순수한" 독고윤과, 이 현실 속에는 있을 수 없을 만큼 아름다운 미란이는 어떻게 생긴 사람들일까? 그리고 이들이 만드는 사랑은 또 어떤 형태의 사랑일까? 이 소설을 읽어 보지 않은 나로서는 어떻다고 말할 수 없으나 광고 문안대로라면 백설공주와 백마 탄 왕자와의 꿈속의 사랑쯤에 해당할 것이다.

오늘날과 같이 각박하고 살벌한 현대인의 삶에 이 같은 소설이 일시적 위안이 되기도 하겠다는 생각이 들기도 하지만, 이러한 위안이 현대인의 삶을 근본적으로 치유하지 못하리라는 생각이 나를 못마땅하게 한다. 더구나 이 민족은 지금 미증유의 불행을 겪고 있는데, 이 불행을 이겨 내기 위하여 눈물겹게 투쟁하는 정다운 이웃의 모습을 미란이나 독고윤에게서는 읽을 수 없으리라는 생각에 이르면 나의 못마땅함은 강도를 더해 간다.

'한국의 은인상恩人像' 중의 하나로 호암미술관에 세워졌다는 이승만 씨의 동상도 나를 못마땅하게 한다. 4월 혁명 때 그토록 처참하게 파괴되었던 그의 동상이 지금 다시 '한국의 은인상'이란 이름으로 세워져야만 하는가? 한국의 은인상이라면 이승만 씨보다 먼저 세워져야 할 동상이 너무도 많지 않은가?

지난 주일은 못마땅한 일들이 너무도 많았던 한 주일이었다. 그만한 비에 물바다가 된 '수도水都' 서울의 모습이 우리를 못마땅하게 하는가 하면 홍수로 얼룩진 망원동의 피해 상황을 취재하러 나간 모 신문사 기자가 주민들에게 카메라를 빼앗기고 구타까지 당했다는 보도가 우리를 더욱 못마땅하게 한다. 신문기자와 방송기자들이 대학교 안에서 얻어맞더니 이번에는 대학생 아닌 일반 시민들에게 얻어맞은 것이다. "기자들은 필요 없다"는 망원동 주민들의 외침이 바로 이 나라의 언론 부재를 상징한다는 사실에서 우리는 말할 수 없는 못마땅함을 느끼지만, 그렇게 된 것이 기자들만의 잘못만은 아니라는 생각이 우리를 더욱 못마땅하게 한다.

    그러나 무엇보다도 지난 주 못마땅한 일의 으뜸은 일본 천황의 발언이었다. 도대체 20세기가 끝나 갈 무렵에 천황이라는 제도가 아직도 존재한다는 사실 자체가 우리를 못마땅하게 한다. 그러나 그건 일본의 국내 문제로 접어 두고라도 "금세기今世紀의 한 시기에 있어서 양국간에 불행한 과거가 있었던 것은 진심으로 유감遺憾"이라는 그의 발언은 우리를 못마땅하게 하는 정도를 넘어 우리를 분노케 한다. 이 말 속에는 분명히 "불행한 과거"가 일본의 잘못 때문이었다는 의미가 들어 있지 않다. 백 보 양보해서 일본의 잘못을 시인하는 뜻으로 받아들인다고 해도 그것이 "유감"이라는 어정쩡한 한마디 말로 끝날 일인가? 다른 사람을 이유 없이 때려죽이고 "유감"을 표명한다고 해서 그 범죄 행위를 용서받을 수 있는가?

    "유감"이라는 말은 원래 마음속에 꺼림칙한 무엇이 남아 있다는 말이다. 과거의 잘못을 솔직히 사과하고 앞으로 잘해 보자는 자세를 보여주기는커녕, 36년 동안의 식민통치를 "유감"이라는 말로 얼버무리려는 간교한 속셈이 우리를 못마땅하게 하는 것이다.

(1984)

우리를 슬프게 하는 것들(5)

대성전大成殿(공자의 위패를 모신 성균관의 전각)의 늙은 은행나무에도 가을이 찾아왔다. 1980년 5월에 발사한 불발 최루탄을 가지에 간직한 채 노란 은행잎을 꽃잎처럼 흩뿌리고 있다. 그 숱한 세월 동안 최루탄 가스에 시달리면서도 어김없이 가을이 왔음을 알려주는 은행나무가 우리의 마음을 포근하게 해 준다. 그러나 1987년 서울의 가을에 벌어지고 있는 상황들은 우리를 슬프게 한다.

우선 각 대학에서 일어나고 있는 사태가 우리를 슬프게 한다. 학생들은 총장을 불신하고 재단의 퇴진을 요구하는가 하면, 해명하는 교수들의 말을 납득하지 못하겠다고 한다. 대학본부를 점거하고 기물을 파괴하는 학생들에 대하여 대학 당국은 공권력의 개입을 요청하기도 한다. 대학 당국을 탓하고 학생들을 탓하기 전에 이러한 사태가 오랜 독재의 부산물이라는 사실이 우리를 슬프게 한다. 모든 기관 중에서 가장 민주적이어야 할 대학이 가장 비민주적으로 운영되어 온 데 대한 응분의 대가로 돌려 버리기에는 너무나 억울한 구석이 있다. 대학의 모든 행정적 결정권이 총장 한 사람에 집중되어 있고, 총장은 자신을 임명해 준 재단의 시녀 노릇을 해야 하고, 재단은 국가 권력의 비호를 받으며 참된 교육보다는 영리나 명예를 더 추구하는 것이 대학 사회의 실정이다. 대학을 이 지경으로 만들어 놓은 것은 국가 경영의 잘못 때문인데, 그 후유증을 대학만 겪어야 하는 현실이 우리를 슬프게 한다.

신문과 TV의 보도 자세 또한 우리를 슬프게 한다. 국민들에게 막강한 영향을 미치는 언론과 방송매체가 도대체 이 나라 사람들을 어디로 끌고 가려 하는가? 신문과 TV 보도의 공정성이 얼마나 중요한가를 단적으로 보여주는 실례를 들어 보자.

지난 6월 각 기업체가 근로자들의 파업으로 진통을 겪고 있을 때의 일이다. 대우조선 근로자들이 대우병원 소속의 앰뷸런스를 불태웠다는 기사가 어느 일간신문에 실려 있었다. 그 기사를 읽은 사람들은 속으로 근로자들을 책망했을 것이다. 환자를 수송하는 앰뷸런스를 불태운 것은 도저히 합리화될 수 없는 일이기 때문이다. 그런데 그 다음 날인가, 어느 신문의 한 구석에 그 앰뷸런스에 최루탄이 실려 있었다는 기사가 보도되었다. 이번에는 최루탄을 수송한 경찰

측에 비난의 화살이 돌려질 수밖에 없다. 아무리 시위 진압이 급하다 해도 그렇게까지 할 수 있겠느냐는 생각에서일 것이다. 한 글자 한 마디에 따라 국민들이 웃을 수도 있고 울 수도 있다는 사실을 언론은 깊이 생각해야 할 것이다.

중국 상해上海에서 사람들에게 포르노 영화를 보여준 어느 철도국 직원을 사형에 처했다는 외신보도는 우리에게 충격을 준다. 포르노 영화가 아니라 하더라도 그와 비슷한 영화나 연속극을 방영하는 것이 민족과 국가를 위하여 무슨 이익이 되는지를 진지하게 검토해야 되리라 생각한다.

우리를 슬프게 하고 우리를 못마땅하게 하는 일들이 너무도 많이 주위에 도사리고 있다. 담배를 수입하라는 미국의 강요에 못 이겨 수입을 개방하자 이번에는 많이 팔아 달라고 협박하는 미국 사람들의 심술이 우리를 못마땅하게 한다. 오대양 박순자 사건, 대전의 복지원인가 형제원 사건, 민주당 창당 대회 때 각목을 휘두른 용팔이 사건 등을 흐지부지 얼버무리려는 행정 당국의 미온적 태도가 우리를 못마땅하게 한다.

잘 길들여진 짐승처럼 두목의 명령에 따라 기계적으로 움직이는 폭력집단의 하수인들이 우리를 슬프게 하고, 위기에 처한 학교 문제의 해결에는 아랑곳하지 않고 백○○ 씨를 대통령 후보로 추대하자고 목청을 높이는 철없는 학생들이 우리를 슬프게 한다. 조그마한 나라에서 혹은 동서로 혹은 남북으로 나뉘어진 지역 감정이 우리를 슬프게 하는가 하면 이러한 지역 감정을 이용하려는 정치꾼들의 작태 또한 우리를 더욱 슬프게 한다.

찬란하고도 슬픈 이 가을에 우리를 못마땅하게 하고 우리를 슬프게 하는 것들이 가을의 슬픔만 더해 주고 가을의 찬란함을 묻어 버리고 있다. 이것이 또 우리를 슬프게 한다.

(1987)

우리를 슬프게 하는 것들(6)

　올해도 어김없이 찾아온 장마와 홍수. 산사태로 일가족이 참변을 당한 어느 시골집의 찌그러진 모습이 TV 화면에 담겨지고, 그 처참한 폐허 속에서 주인 잃은 신발 한 켤레가 클로즈업된다. 중학생, 아니면 고등학생이 주인일 듯싶은 이 한 켤레의 신발이 우리를 슬프게 한다. 그러나 이러한 비극을 해마다 겪어야 하는 이 땅의 현실이 우리를 더 슬프게 한다. 넓지도 않은 이 나라에서 홍수에 의한 피해를 영원히 추방할 길은 없는가? 1981년부터 86년까지 일천억 원이 넘는 돈을 사용했다는 새마을운동 중앙본부에서 했어야 할 일이 바로 이런 일이 아닌가?

　말(馬)을 잘못 타서 말(言)이 많은 어느 처녀의 행동이 우리를 슬프게 한다. 이 사건으로 인하여 승마협회 관계자들을 연행한 특수 수사대 요원들의 빗나간 충성심은 우리를 말할 수 없이 못마땅하게 한다.

법정에 선 문귀동, 성 고문을 추궁하는 검사의 질문에 시종 "모르겠다" "기억이 나지 않는다"의 답변으로 일관하는 그 뻔뻔스러운 태도가 우리를 슬프게 한다. 이 경우 징역 5년형의 선고가 우리의 슬픔을 조금은 씻어 줄 수 있지만, 물 고문, 전기 고문을 밥먹듯이 당하며 지옥의 문턱까지 갔다 나온 김근태 씨의 슬픔과 분노는 어디서 보상받아야 하나?

순박한 농민들과 근로자들에게 신경통 약, 피로회복 약이라고 속여서 마약을 팔아 온 짐승보다 못한 인간들이 우리를 슬프게 하고, 살생을 죄악시하여 고기도 먹지 않는 승려들이 봉은사 주지 임명을 둘러싸고 벌인 한바탕의 난투극이 우리를 슬프게 하는가 하면, 운동 경기에서 미국이나 독일에는 지는 한이 있더라도 북한에게만은 이겨야 한다며 '투지'를 불태우는 주체성 없는 운동선수가 또 우리를 슬프게 한다. 이 주체할 수 없는 슬픔과 억누를 길 없는 못마땅함이 정녕 무덥고 긴 여름 때문만은 아닐 것이다.

(1988)

우리를 슬프게 하는 것들(7)

　이 세상에는 불행한 일이 더 많을까, 행복한 일이 더 많을까? 통쾌한 일이 더 많을까, 불쾌한 일이 더 많을까? 우리를 기쁘게 하는 일이 더 많을까, 우리를 슬프게 하는 일이 더 많을까? 참으로 어처구니없는 물음이다. 동일한 현상을 놓고도 이를 보는 사람의 주관과 처지에 따라 기쁜 일로 받아들일 수도 있고, 슬픈 일로 받아들일 수도 있겠기 때문이다. 그러나 1989년 초여름을 살고 있는 나에게는 기쁜 일보다 슬픈 일, 못마땅한 일이 더 많은 것 같다.

　가령, 바야흐로 보신탕의 계절을 맞아 개장수 자전거 뒤에 실려 가는 보신용 개들의 애달픈 눈초리는 나를 슬프게 한다. 또한 아마도 양계장에서 통닭집으로 팔려 가고 있을 닭장차 안의 축 늘어진 폐계廢鷄들도 나를 슬프게 한다. 대학교 앞에서 투구 쓰고 갑옷 입고 방패 들고 서 있는 로마 병정 차림의 젊은이들 또한 나를 슬프게 한다. 이 로마 병정들 옆에 대기하고 있는, 사람 싣는 닭장차는 우리를 더욱 슬프게 한다. 버스 정류장에서 버스를 타려고 뒤뚱거리며 달려오는 노인을 못 본 체하고 그냥 출발하는 버스 운전기사가 우리를 슬프게 하며, 닭 쫓던 개가 지붕 쳐다보듯이 떠나 버린 버스만 바라보는 노인의 허탈한 표정이 우리를 슬프게 한다.

아침 출근길의 좌석버스 안에서 졸고 있는 사람들의 지친 모습이 우리를 슬프게 한다. 하루의 일과를 시작하는 새 아침의 싱그러움은 간데없고 오직 삶을 위한 처절한 투쟁의 흔적만이 어두운 그림자를 드리우고 있을 뿐이다. 무엇이 이들을 이토록 지치게 했나? 무엇이 우리들로부터 삶의 기쁨을 빼앗아 가고 있는가?

거리의 모퉁이에 숨어서, 아니 우리가 숨쉬는 공기 속에 스며들어 호시탐탐 우리를 노리고 있는 그 음모의 눈초리가 우리를 슬프게 한다. 한 평에 천만 원을 호가한다는 강남의 아파트들, 환각 상태에서 아내와 자식들을 죽이게 한 백색의 공포 히로뽕, 백화점에 진열된 15만 원짜리 외제 넥타이와 모조 다이어가 박힌 14만 원짜리 수입 스타킹…. 이런 것들의 음험한 눈짓이 우리를 슬프게 한다.

우리들 주위엔 우리를 슬프게 하는 것들이 왜 이리도 많을까? 5백만 원 또는 일천만 원을 받고 교사를 채용하는 악덕 학원 모리배가 우리를 슬프게 하는가 하면, 오직 대학 입시만이 인생의 전부인 양

아침 6시에 집을 나가서 밤 12시에 돌아오는 고3 수험생의 무거운 책가방이 우리를 말할 수 없이 슬프게 한다. 참교육이란 참으로 무엇인가? 참교육을 하려고 전국교직원노동조합을 결성한 교사들을 구속해야만 하는 현실이 우리를 슬프게 한다. 전교조 결성에 관여한 교사를 형사고발한 어느 학교 교장이 우리를 슬프게 하고, 이른바 '의식화된 교사들'에게 자식을 맡길 수 없다며 교문에서 학생들의 등교를 저지하는 극성 학부모들이 우리를 슬프게 하며, 전교조의 정당성을 설명하는 교사의 뺨을 때린 경남 울주군의 어느 학교 학부모가 우리를 슬프게 한다. 그러나 서울 구로고등학교에서 전교조 선생님의 구속에 항의하여 3층 교실에서 뛰어내린 2명의 어린 학생은 또 다른 의미에서 우리를 슬프게 한다.

서울의 거리엔 우리를 슬프게 하는 것들로 가득 차 있다. 강의가 없는 날, 집에서 쉬고 있으면 어김없이 들려 오는 행상行商들의 고성능 확성기 소리가 나를 못마땅하게 한다.

"앞집의 사모님, 안방의 사모님, 사모님의 단골 계란이 왔어요. 싱싱한 계란이 왔습니다."

그러나 이 소리가 나의 휴식과 독서와 낮잠을 방해한다고 해서 이를 못마땅하게 여기는 나 자신이 또 나를 못마땅하게 한다. 생계를 위해서 하루종일 목이 아프도록 외치는 이들을 못마땅하게 여길 권리가 과연 나에게 있는 것일까?

그러나 다음과 같은 경우는 다르다. 역시 강의가 없는 날 집에 있으면 흔히 겪는 일 중의 하나다. 초인종이 울려 인터폰으로 묻는다.

"누구세요?"
"좋은 말씀 전해 드리려고 합니다. 문 좀 열어 주세요."
"무슨 말씀인데요?"
"하나님 말씀입니다."
"저는 관심이 없습니다."
"그래도 들으셔야 합니다. 잠깐만 문 좀 열어 주세요."
"관심이 없대두요."

이렇게 지루한 문답을 한 후에 거의 애원하다시피 하고서야 겨우 물리칠 수 있었다. 참으로 못마땅한 일이다. 왜 관심이 없다는 사람에게 기를 쓰고 강요할까? 하느님을 믿을 사람은 믿고, 믿고 싶지 않은 사람은 안 믿어도 되지 않은가?

어디 그뿐이랴! 줄 돈 다 주고 타면서도 운전사 눈치를 보아야 하는 서울의 택시 타기가 우리를 못마땅하게 한다. 혼자서 택시를 타고 가면 괜히 미안하고 무슨 죄라도 지은 기분이다. 같은 방향의 사람을 합승하여 태우고 나서야 비로소 마음이 놓인다. 야구장에서 자기가 응원한 편이 경기에 진다고 해서 빈 병을 던져 선수를 폭행하는 철없는 관중이 우리를 못마땅하게 하고, 구독하던 신문을 바꿀 경우 신문사 직원과 벌여야 하는 지루한 말씨름이 우리를 못마땅하게 한다.

그러나 우리 시대의 슬픈 일, 못마땅한 일 중에서 으뜸가는 것은 때와 장소를 가리지 않고 자행되는 부녀자 납치와 폭행이다. 초등학교 학생, 중·고등학교 학생, 처녀, 유부녀를 가리지 않고 납치·폭행하는 인간 아닌 인간들의 짐승 같은 소행이 우리를 슬프게 하고 우리를 못마땅하게 하다못해 우리를 분노케 한다. 아마도 이런 현상이 있기까지는 외국, 특히 미국의 폭력 영화나 비디오가 큰 몫을 차지했을 것이다. 사람을 죽이고 폭행하는 외국 영화나 비디오가 왜 이처럼 성행하는지 그 이유를 알 수 없다. 마약을 제조 판매하는 자들과 함께 이들 폭력배들을 잡아다가 광화문 네거리에서 공개 총살형에 처한다면 반대할 사람이 많을까?

이렇게 슬픈 일, 못마땅 일을 넋두리하듯 늘어놓고 보니 내가 마치 지옥도地獄圖라도 그린 것 같은 인상을 줄까 봐 겁이 난다. 우리들 주위에 우리를 슬프게 하는 일, 우리를 못마땅하게 하는 일들이 많은 것은 사실이지만 또한 우리 주위에는 착한 이웃의 밝은 웃음과 따뜻한 인정이 있음을 결코 모르지 않고 있다. (1989)

우리를 슬프게 하는 것들(8)

　죄수복을 입고 나란히 법정에 선 전두환, 노태우 두 전직 대통령의 모습이 우리를 슬프게 한다. 이것은 두 사람에 대한 동정심에서 우러나온 슬픔이 아니고, 아직도 5공화국의 정통성을 강변하는 뻔뻔스러움에 기인한 슬픔이다.

　"아침도 안 먹이고 새벽에 잡아가다니…."
　"그래도 우리 고장 사람인데…."

하고 수군거리며 형성된 소위 'TK 정서'란 것은 우리를 더욱 슬프게 한다. 12·12 군사반란의 결정적 열쇠를 쥐고 있는 최규하 전 대통령의 침묵 또한 우리를 말할 수 없이 슬프게 한다. 자기 소리를 내지 않는다고 붙여진 '용각산 대통령'이라는 별명. 그는 언제까지나 용각산임을 고수할 것인가.

1996년 3월의 한국 땅에는 우리를 슬프게 하는 것들로 가득 차 있다. 3월 23일 이후에 제조, 수입 판매되는 모든 술병에 부착된다는,

"지나친 음주는 간경화나 간암을 일으키며, 특히 청소년의 정신과 몸을 해칩니다."

라는 경고문이 나를 못마땅하게 한다. 지나치게 먹어서 해로운 것이 어디 술뿐이겠는가! 청소년의 정신과 몸을 해치기로 말한다면 술보다 더한 것이 얼마나 많은가. 그러나 신입생 환영회에서 냉면 그릇으로 소주를 마시게 하여 그를 숨지게 한, 철없는 대학생들이 술병의 경고문보다 우리를 더 슬프게 한다.

함값 시비로 인하여 첫날밤에 호텔에서 투신 자살한 임신 6개월의 신부가 우리를 슬프게 하고, 서태지와 아이들의 은퇴 소식에 식음을 전폐하고 까무러치는 어린 소녀들이 우리를 슬프게 하는가 하면, 귀신인지 사람이지 모르게 머리를 파랑, 노랑으로 물들이고 다니는 방정맞은 젊은이들이 우리를 못마땅하게 한다. 다음과 같은 어느 월간지의 광고문이 또 우리를 매우 슬프게 한다.

"전체적으로 몸에 피트되는 슬림한 라인의 코트가 올 겨울 유행할 전망."

아무리 세계화 시대라지만 우리말을 이렇게 학대해도 되는 것인가. 어디 그뿐이랴. '겟쇼티' '엑조티카' '서든 데스' '유주얼 서스펙트' '투다이포' 등의 영화 제목을 읽노라면 우리의 슬픔은 극에 달한다. 도대체 왜 이런 해괴한 짓을 하는가? 외래어를 사용하면 벌금을 물린다는 프랑스의 언어 정책은 지나친 감이 있지만, 외래어 사용을 이렇게까지 무방비 상태로 방치할 수는 없다. 한자漢字를 쓰지 않는 것만이 한글 사랑이 아니다. 이것은 분명 한글 학대 행위이다.

우리나라에서 가장 긴 한글 이름이라는 '김온누리빛모아사름한가하'도 영화 제목 못지 않게 우리를 못마땅하게 한다. 이 이름은 음을 위주로 지은 것인가, 아니면 뜻도 함께 고려한 것인가? 뜻을 가진 이름이라면 표기할 때 띄어쓰기 원칙은 지키는 것인가? 부르기에 불편하고 뜻도 잘 알 수 없음에도 불구하고 이런 이름을 권장하는 것이 한글 사랑이라 생각한다면 그것은 빗나간 한글 사랑이다.

자동 장치가 되어 있는 기계처럼 주기적으로 반복되는 일본인의 망언이 무엇보다도 우리를 슬프게 한다. 수없이 되풀이되어 온 망언 중에서도 독도獨島가 자기네 땅이라는 억지 주장은 망언의 극치라 할 수 있다. 일본은 확실히 불편한 이웃이다. 불편한 정도를 넘어서 못마땅한 이웃이다. 21세기를 눈앞에 둔 지금도 천황이 건재한다는 사실 하나만으로도 일본은 우리를 못마땅하게 하기에 충분하다.

(1996)

2003년 3월, 봄이 오기는 오는 모양인데 봄과 함께 찾아올 황사가 우리를 슬프게 한다. 해마다 어김없이 찾아오는 황사지만 금년의 황사에는 세균과 곰팡이가 예년보다 훨씬 더 많을 것이라는 기상청의 예보가 우리를 더욱 슬프게 한다. 만리장성을 쌓은 중국인들도 황사만은 어쩌지 못하는 것일까. 그렇지 않아도 짧은 서울의 봄을 황사가 망치려 하고 있다.

2003년을 살고 있는 대구 시민들에게는 봄이 와도 봄 같지 않을 것이다. 그 끔찍한 지하철 참사. 대구 시민회관 합동 분향소의 제단祭壇에 돌려 놓여진 49분의 영정이 우리를 슬프게 한다. 아내 잃은 남편, 자식 잃은 부모, 부모 잃은 어린이들의 울부짖음이 우리를 슬프게 한다. "엄마가 너무 보고 싶다"며 죽은 엄마의 휴대폰 번호로 전화를 건다는 8살 아들의 모습이 우리를 너무나 슬프게 한다. 22살의 꽃다운 딸을 잃고, "너무 보고 싶은데 꿈에서조차 나타나지 않아요. 아마 우리가 걱정할까 봐 꿈에도 나타나지 않는 것 같아요"라며 눈물짓는 어머니가 우리를 말할 수 없이 슬프게 한다. 이번 일은 우리를 슬프게 하다가 또 우리를 분노케 한다. 도대체 누가 대구 시민들에게서 그들의 봄을 빼앗아갔는가!

'춘래불사춘春來不似春' 이라고 했던가. 봄이 와도 봄 같지 않은 일들이 도처에서 벌어지고 있다. 300만 원이나 500만 원을 받고 석사학위, 박사학위 논문을 대신 써 주는 논문대필업자가 우리를 슬프게 한다. 그러나 돈 주고 학위를 사려는 사이비 연구자들이 우리를 더 슬프게 한다. 교수들을 '논문 쓰는 기계' 로 만드는 계량화된 연구업적 평가제도 때문에 이런 일들이 일어난다는 데에 생각이 미치면 우리의 슬픔은 더해진다. 신용카드 빚 때문에 자살을 하고 사람을 죽이기까지 하는 젊은이들이 우리를 슬프게 하고, 영어 발음을 잘하게 하려고 자녀들의 혀를 수술시키는 극성 부모들의 빗나간 자식 사랑이 또 우리를 슬프게 한다.

2003년의 봄에 무엇보다도 우리를 슬프게 하는 것은 미국의 이라크 침공이 아닐 수 없다. "Iraqi freedom" 곧 "이라크의 자유"를 내걸고 자행한 미국의 침략이 석유 이권을 노린 속셈에서 나온 것이고, 전쟁 무기 제조업자들과의 결탁에 의한 것이라는 사실을 아는

사람은 다 알고 있다. 전 세계가 반대함에도 불구하고 구태여 전쟁
놀음을 즐기려는 부시의 이 철없는 행동이 우리를 몹시 슬프게 한
다. 유엔헌장과 국제법을 무시하고 위반했음에도 "세계 40개국이
우리를 지지한다"고 떠벌리는 미국의 추악한 작태가 우리를 슬프게
한다. 그게 어디 진심에서 나온 지지인가. 이런저런 생각에 잠겨 있
다가 문득 떠오른 다산 정약용 선생의 시가 우리의 마음을 통쾌하게
해 준다.

　　　호랑이가 어린 양을 잡아먹고는
　　　입술에 붉은 피 낭자하건만
　　　호랑이 위세가 이미 세워졌는지라
　　　여우·토끼, 호랑이를 어질다 찬양하네

　　여우와 토끼가 어찌 진심으로 호랑이를 어질다고 생각했겠는가!
예나 지금이나 강자의 횡포 앞에서 약자는 움츠러들 수밖에 없는 모
양이다. 오만하고 독선적인 행동을 '부시스럽다'라는 말로 표현할
만큼 각박한 국제 정치의 현실이 우리를 슬프게 한다.

(2003)

제3부 스승과 제자, 그리고 학교

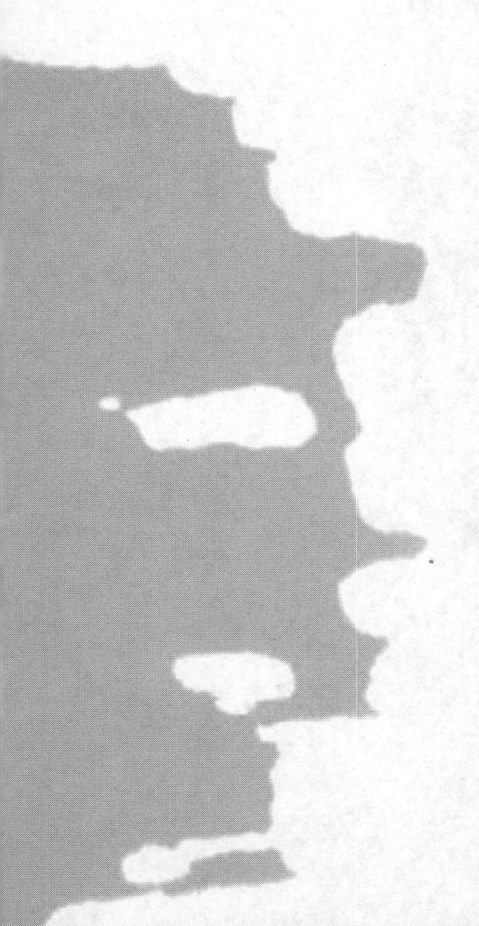

꿈이 없는 국어 책

내 몸집보다 무거운 가방을 들고
나는 오늘도 학교에 간다
성한 다리를 절룩거리며
무엇이 들었길래 그렇게 무겁니?
아주 공갈 사회 책
따지기만 하는 수학 책
외기만 하는 자연 책
부를 게 없는 음악 책
꿈이 없는 국어 책
무엇이 들었길래 그렇게 무겁니?
잘 부러지는 연필 토막

검사받다 벌이나 서는 일기장, 숙제장
검사받다 벌이나 서는 혼식 점심 밥통
무엇이 들었길래 그렇게 무겁니?
무엇이 들었길래 그렇게 무겁니?
얼마나 더 많이 책가방이 무거워져야
얼마나 더 많은 것을 집어넣어야
나는 어른이 되나? 나는 어른이 되나?

　최근 출판된 동시집童詩集에 실린 어느 초등학교 5학년 학생의 작품이다. 어린 학생이 어린이답지 않게 어른스럽다는 생각이 들기도 하고, 날카로운 비판력이 대견스럽기도 하고, 장난 많은 개구쟁이의 생각을 거짓없이 나타내어서 귀엽기도 하다. 그러나 이 어린이가 바로 내 자식이라고 생각하면 모골이 송연해진다. 성한 다리를 절룩거릴 정도로 무거운 가방을 들고 학교에 가는 아들놈이 이렇게 끔찍한 생각을 하고 있다는 사실을 확인했을 때 놀라지 않을 부모가 있겠는가?

　꿈이 없는 국어 책을 읽으면서 우리의 어린이들은 무슨 생각을 할까? 어른들은 사회 책에다 어떤 공갈 얘기를 써 놓았는가? 한번도 보지 못한 장수하늘소의 다리가 몇 개라는 걸 무조건 외기만 해서 될 일인가? 연필은 왜 그렇게도 잘 부러지게 만들었는가?

치맛바람 날리는 어머니들, 문교 행정을 관장하는 나으리들은 깊이 생각해 볼 문제이다. 어린 시절의 경험과 사고는 그 사람의 성격 형성에 절대적인 영향을 미치고 그것이 일생을 지배한다고 한다. 꿈이 없는 국어 책을 읽고 검사용 일기장을 들고 다니면서 자란 아이들의 인생관과 세계관이 어떠하리라는 것은 짐작할 수 있는 일이다. 조기 영어 교육도 중요하고 교육용 컬러텔레비전도 중요하지만, 교육의 보다 근본적인 문제를 해결하는 데에 모두의 힘이 모아져야 할 것이다.

(1979)

선생질이라도…

서울 시내 어느 고등학교에서 있었던 일이다. 자기 학급에서 성적이 최하위에 속하는 학생의 어머니가 담임 선생님을 찾아왔다. 서로 수인사가 끝나고 아들의 장래를 염려하는 어머니의 말이 이어졌다.

"우리 아이는 공부를 못해서 속상해 죽겠어요. 예비고사에 붙어서 하다못해 선생질이라도 해야 할 텐데…."

'선생질'을 하고 있는 사람 앞에서, 그것도 자기 아들의 담임 선생 앞에서 조금도 거리낌없이 이런 말을 할 수 있다는 것은 매우 심각한 문제이다. '도둑질' '서방질' '계집질' 등과 같이 명사에 '질'을 붙인 낱말은 옳지 않은 행동을 나타낼 때 쓰이는 경우가 많기 때문이다.

　어느 학교에서 학생들의 장래 희망을 조사했더니 선생이 되겠다는 학생이 한 명도 없었다는 사실은 무엇을 말해 주는가? 교단에서 학생들을 가르치는 행위를 '선생질'이라고 표현하는 것과 동일한 의식 구조에서 나온 결과일 것이다. 거창읍의 어느 학교에서 있었던 일도 마찬가지이다. '교육적'이란 단서를 붙여 체벌을 금하는 데에도 문제가 있지만, 선생에게 체벌을 당했다고 해서 선생을 경찰에 고발하는 행동은 '도둑질' '서방질'과 '선생질'을 동일 차원에 놓고 생각했기 때문이라고밖에 볼 수 없다. 그렇지 않고서야 어떻게 선생에게서 돈을 뜯어 낼 수 있으며, 또 자기 아들을 가르치는 선생을 고발까지 할 수 있을까? 더구나 문제의 학생이 떳떳한 일을 하고 체벌을 당한 것도 아닌데….

　바야흐로 선생들의 수난 시대가 닥쳐 오고 있는 것 같다. 산업화 시대의 선생이 이조시대의 선생만큼 대접을 못 받는 일은 이해할 수 있지만 이렇게까지 선생 대접이 소홀해서는 올바른 교육이 이루어지기 어려울 것이다. 경찰의 날, 민방위의 날, 가정의 날, 저축의 날 등 수많은 '날'들은 그냥 두고 왜 스승의 날은 없앴는가? 공식적인 행사에서 선생들의 위치를 앞자리로 정한다던가, 교육은 국가 백년지계百年之計라고 소리치는 것만으로 문제가 해결되지 않는다. 선생들로 하여금 자부심을 가지고 교단에 설 수 있게 해야 하고, 그러기 위해서는 선생들의 처우가 개선되어야 한다. 획기적인 처우 개선이 없는 한, 자기 자식을 교사로 만들고 싶은 부모가 없을 것이고, 졸업 후에 선뜻 교사가 되려고 하는 학생이 없을 것이다. 그 중요성을 감안해 볼 때 초·중등학교 교사들의 처우가 적어도 현 대학교수들의 수준만큼은 되어야 하리라고 본다.

　자기 아들을 '선생질'이라도 시켜야 하겠다는 어느 어머니의 간절한 소망이 이루어졌는지 어떤지는 알 수 없지만, 그런 식의 소망은 이루어지지 않는 것이 국가를 위해서 좋을 것이다.

(1981)

스승의 날을 맞으며

어느 날 학교 식당에서 60세가 넘은 교수들끼리 하는 이야기를 엿들은 적이 있다. 그 중 한 교수의 말은 매우 충격적이었다.

"여보, ○교수, 정년퇴임하면 절대로 퇴직금을 일시불로 받지 마시오. 일시불로 받으면 시집간 딸년이 제일 먼저 빼앗아 가고 그 다음은 졸업한 제자가 빼앗아 간답니다."

라 하면서 실제로 몇 가지 예를 들어 설명했다. 물론 제자가 선생의 퇴직금을 털어 가는 일은 천에 하나, 만에 하나 있을 수 있는 경우일 것이다. 그러나 극히 예외적이긴 하나 이런 일이 있을 수 있다는 사실 자체가 오늘날 사제간의 냉랭한 관계의 한 단면을 보여준다고 하겠다.

'군사부君師父 일체' 라든가, '스승의 그림자는 밟지도 않는다' 라는 식의 고전적 사제 관계가 사라진 지 오래이고, 또 현대 사회에서 그런 것을 바랄 수도 없겠지만, 그렇다고 하더라도 오늘날의 사제 관계는 분명히 비뚤어져 있다. 학교 안에서 학생과 교수가 승용차를 타고 가면서 서로 길을 비키라고 다투다가 학생이 교수를 주먹으로 때리는 일이 있는가 하면, 어느 학교에서는 학생들이 한 교수의 머리를 강제로 삭발한 사건도 있었다.

학생들뿐만 아니라 학부모들도 마찬가지이다. 자기 자식을 처벌했다고 하여 교사를 고발하는 것은 흔히 볼 수 있는 일이고, 어느 교사는 전교조에 가입했다는 이유로 학부모들로부터 집단적으로 폭행을 당하기도 했다.

선생들 역시 스스로의 본분을 잃어 가고 있다. 예·체능계 교수들이 거액의 돈을 받고 특정 학생을 부정으로 입학시키는가 하면, 교사나 교수가 되기 위하여 역시 거액의 돈으로 흥정하는 사례가 신문에 보도되고 있다. 말하자면 선생이 될 자격이 없는 사람이 교단에 서는 것이다.

위에서 언급한 일들은 물론 극단적인 경우이다. 그러나 이런 극단적인 일을 제외하고라도 일상적인 학교 생활에서 스승에 대한 존경심과 제자에 대한 사랑의 농도가 옅어지고 있는 것이 사실이다. 이렇게 된 데에는 여러 가지 요인이 작용했겠지만 가장 큰 원인은 잘못된 교육 환경에 있다고 생각한다. 입시 위주의 교육 풍토 때문에 학교는 지식을 사고 파는 지식 시장知識市場으로 인식되기에 이르렀다. 학교에서 필요한 만큼의 지식을 사면 된다는 것이 학생이나 학부모들의 생각이고, 선생들 또한 자신이 받는 보수만큼의 지식을 전해 주는 것으로 책임을 다했다고 생각한다.

　이러한 상황에서는 참다운 교육이 이루어질 수 없다. 선생과 제자 사이는 혈육 관계 다음으로 순수해야 한다. 사회가 아무리 오염되더라도 학교만은 더렵혀지지 않아야 한다. 왜냐하면 학교는 인간과 인간이 만나 인격적인 교감을 통하여 지식의 거래가 아닌 '교육'이 이루어지는 장소이기 때문이다. 학교를 진정한 교육이 이루어질 수 있는 장소로 만들기 위해서는 당사자인 선생과 학생뿐만 아니라 사회 전체의 적극적인 노력이 필요하다.

　이제 다시 스승의 날을 맞는다. 선생의 가슴에 카네이션 꽃을 달아 주면서, "선생님 감사합니다" 하고 내뱉는 말이 가슴에서 우러나는 말이 될 수 있도록 학생과 선생은 다같이 노력해야 할 것이다. 그리하여 학생은 존경할 수 있는 스승을 가지는 행복을 누릴 수 있고, 선생은 사랑스럽고 자랑스런 제자를 가질 수 있는 보람을 느끼는 때가 오기를 기대해 본다.

(1992)

이항복李恒福과 그 스승

최근의 신문보도에 의하면 서울 시내 모 대학에서 학생이 교수를 폭행하여 전치 4주의 중상을 입혔다고 한다. 내용인즉 이렇다. 교수가 저녁 9시경 연구실을 나와 주차장으로 가는 도중에 술에 취한 한 학생이, "왜 째려보느냐"며 욕설을 퍼부어, "교수에게 무슨 말을 함부로 하느냐?"며 꾸짖자 갑자기 멱살을 잡고 목을 조이는 등 폭행하기 시작했으며, 교수가 피하자 학생은 뒤따라가서 그 교수를 콘크리트 바닥에 내동댕이치고 계속 때렸다는 것이다.

당시의 자세한 상황을 알지 못하고 또 신문기사란 원래 그대로 믿어서는 안 되는 터여서 뭐라고 단정할 수는 없지만, 폭행당한 교수와 같은 직종에 종사하는 나로선 참담한 심정을 금할 수 없다. 그래서 불현듯 다음과 같은 일화가 떠오른다.

'오성鰲城과 한음漢陰'으로 유명한 오성군 이항복李恒福(1556~1618)이 재상으로 있을 때 높은 벼슬아치들이 찾아오면 앉아서 절을 받았다. 재상보다 더 높은 벼슬은 없기 때문이다. 그런데 어느 날 신申 아무개 훈도訓導가 문간에 와 있다는 말을 듣고는, 급한 나머지 신발을 거꾸로 신은 채 뛰어나가 모셔와서 공손히 접대했다. 집안 사람들이 이상히 여겨 물으니,

"내가 어렸을 때 배운 선생님이다."

라 대답했다고 한다.

훈도란, 지방 향교에서 아동들에게 글을 가르치는 사람으로, 벼슬로 치면 종9품에 불과한 관직이다. 이 얼마나 아름다운 일인가! 아름다운 일은 여기서 끝나지 않는다. 다음날 이항복은 선생의 숙소로 찾아가서, 비단 10여 필과 쌀 몇 섬을 드리며 여행 경비에 쓰시라고 하니 선생은,

"여행하는 데에는 쌀 몇 되면 족하다."

하고 나머지는 받지 않았다고 한다.

마치 선생과 제자의 전형典型을 보는 것 같다. 어렸을 때의 선생을

극진히 모신 이항복의 정성은 그 자체로서 더할 나위 없이 아름다운 일이지만, 그렇게 된 데에는 선생의 고결한 인품이 있었음을 짐작할 수 있다. 사제간의 관계는 일방적인 것이 아니다. 선생의 사랑과 제자의 공경이 옷감의 씨와 날처럼 얽혀서 이상적인 관계가 성립된다. 씨와 날 중에서 어느 하나가 없어도 옷감은 풀어지고 만다.

옛날에는 이렇게 사제간의 흐뭇한 이야기가 많았는데 오늘날엔 흐뭇한 이야기보다 소름끼치는 이야기가 더 많다. 학생이 선생을 구타하지 않나, 선생이 여자 제자를 성폭행하지 않나…. 사회가 아무리 변하더라도, 기술 문명이 아무리 발전하더라도 스승과 제자의 기본 관계는 변해서 안 된다. 정교하게 제작된 컴퓨터가 아무리 많은 지식을 아무리 정확하게 전달하더라도, 그 컴퓨터가 선생을 대신할 수 없다.

인간이 살아가는 사회에서 인간다운 교육이 중요하다면 참다운 사제 관계의 회복이 무엇보다 시급하다. 제자를 사랑하는 선생과 선생을 존경하는 제자가 있을 때 참교육이 이루어지는 것이 아니겠는가? 그리고 참교육만이 황폐해진 현대인의 정신을 비옥하게 해 줄 수 있을 것이다.

(1996)

길영희吉瑛羲 선생님

제물포고등학교를 졸업한 사람에게는 누구나 그렇겠지만 교장선생님은 쉽사리 잊을 수 없는 구원久遠의 스승이었다. 나는 제고濟高를 일 년밖에 안 다닌 사람이긴 하지만, 그 일 년 동안 나에게 비친 교장선생님의 편모를 회상함으로써 선생님에 대한 그리움을 반추하고자 한다.

내가 교장선생님을 처음 뵌 것은 1961년 2월 어느 날이었다. 그때 나는 대구의 경북고등학교를 졸업하고 대학 입시에서 실패를 한 처지였다. 재수를 하겠다고 마음먹고 있던 중 숙부님의 친구인 성우경成禹慶 선생님의 권유로 제고에서 3학년 과정을 다시 공부하게 된 것이다.

교장선생님과의 첫 대면에서 나는 매우 근엄하신 분이라는 인상을 받았다. 선생님이 늘 애용하시던 소위 '모택동복'은 나에게 일종의 위압감마저 느끼게 했다. 그러나 외모에서 받은 나의 첫인상은 개학식 날부터 깨어지기 시작했다. 전교생이 모인 개학식에서 선생님은 나를 조회단 위로 불러 올려 학생들에게 소개를 시키시는 것이 아닌가. 경북고등학교와 같이 전통 있는 학교에서 제고를 찾아준 데 대한 감사와 함께 앞으로 사이좋게 지내라는 당부의 말씀이 계셨다. 생각지도 않던 일이라 적지 않게 당황했지만 이때부터 나는 선생님의 자상하신 일면을 새롭게 알게 되었다.

나의 당황함은 4월에 들어서 절정에 달했다. 그해 4월 19일은 4·19 혁명 일주년이 되는 날이었는데, 18일 저녁 나에게 교직원 회의의 결정 사항이 통고되었다. 4·19 일주년 기념식에서 나에게 '연설'을 하라는 통지였다. 내가, 1960년 2월 28일 대구 학생의거의 주동 학년에 속했었다는 사실을 아신 선생님께서 그런 조치를 취하신 것이었다. 말할 수 없이 당황했지만 선생님들의 말씀이라 거역하지 못하고, 내가 겪은 2·28의 체험담을 중심으로 '연설'을 해야만 했다.

기념식을 마치고 시가행진을 하면서-그때는 중요한 행사가 끝나면 시가행진을 하는 것이 하나의 관례였다-나는 깊은 생각에 빠졌다. 일개 전학해 온 '학생'에 불과한 나에게 그토록 엄청난 일을 시키신 의도가 무엇일까? 그것은, 2·28 학생의거를 주도한 대구의 고등학교 학생들의 기개를 가상히 여겼기 때문일 것이고, 나아가서는 불의不義에 항거하여 싸운 이 나라의 학생 전체를 높이 평가하셨기 때문일 것이다. 내가 알기로 4·19 기념식을 거행한 학교가 많지 않았는데 제고에서 당당히 기념식을 가진 것만 보아도 선생님의 의중을 헤아릴 수 있다. 뿐만 아니라 나와 같은 학생으로 하여금 학생 운동의 실상을 보고토록 하심으로써 이 나라의 학생들에 대한 선생님의 굳은 신뢰감을 나타내신 것이다. 그 후 나는 선생님의 보살핌 속에서 무사히 졸업했고 졸업 후에도 종종 선생님을 찾아 뵙고 여러 가지 말씀을 들었다.

내가 선생님을 마지막으로 뵌 것은 1982년경이었다. 내가 전공하는 분야가 다산茶山 정약용丁若鏞이라는 말을 전해 들으시고 다산에 관한 얘기를 좀 듣고 싶다는 연락이 왔다. 나는 선생님의 정열에 놀라움을 금할 수 없었다. 당시 선생님은 팔십이 넘은 고령이었고, 또 위胃 수술을 받은 후여서 몸이 불편하신 상태였기 때문이었다. 약속 장소인 어느 한식집에 가서 나는 또 한번 놀랐다. 선생님께서 나의 제고 은사님 몇 분과 졸업생 몇 분을 소집(?)시켜 놓고 그곳에서 나를 기다리고 계셨던 것이다. 가벼운 마음으로 나갔던 나는 다산에 관한 '연설' 을 하라는 선생님의 말씀에 몸이 얼어붙는 듯했다. 어설픈 나의 말에도 선생님은 귀 기울여 들으시고 열심히 질문도 하셨다.

그때의 만남이 선생님과의 마지막 만남이 될 줄은 생각지도 못했다. 생각하면 선생님과 나와의 만남은 '연설'로 시작해서 '연설'로 끝나 버렸다.

　선생님! 저는 선생님의 제자로서 부끄럽지 않게 살기 위하여 끊임없이 노력하겠습니다.

(1986)

추복만秋福萬 선생님

중학교 3학년이 되었다. 누구나 그렇듯이 우리들은 새로운 담임 선생님의 명단이 발표되기를 초조하게 기다리고 있었다. 어느 분이 담임선생님이 되느냐에 따라 우리들의 운명(?)이 결정되기 때문이다. 드디어 발표되었다. 추복만 선생님. 우리 반 아이들은 가벼운 탄성을 올렸다. 아니 그것은 신음에 가까운 소리였다. 추복만 선생님 밑에서는 지각, 결석이나 복장에서부터 교실 청소에 이르기까지 조금도 방심할 수 없다는 것을 우리들은 너무나 잘 알고 있었던 것이다. 그만큼 추 선생님은 교내에서 무서운 선생님으로 알려져 있었다.

당시 선생님은 대학교를 졸업하시고 우리 학교에 부임한 지 몇 해 안 되는 젊은 총각 선생님이었다. 아마 우리 학교가 선생님의 첫 부임지였을 것이다. 젊었기 때문에 학교 일에 대하여 매우 의욕적이고 정열적이었다. 그런데 우리들의 어린 마음은 이러한 정열이 학생들을 엄하게 다스리는 데에만 발산된다고 생각했다. 1학년과 2학년 때에 선생님의 수업을 직접 받아 보지는 못했지만 선생님의 명성(?)은 익히 알고 있었던 터였다.

선생님은 언제나 방망이를 휴대하고 다니셨다. 지금 경찰들이 사용하는 경찰봉보다 약간 작은 것이었는데 아마 선생님께서 특별히 제작하신 것 같았다. 이 방망이가 우리들의 공포의 대상이 된 것이다. 그래서 선생님에게는 '추방망이'라는 과히 명예롭지 못한 별명이 붙여졌다. '방망이'를 경상도 사투리로 발음하면 '방매이'가 되는데, 이것이 선생님의 함자인 '복만'의 경상도식 발음과도 비슷하기 때문에 붙여진 별명이었다. 어쨌든 선생님이 교실에 들어오실 때에는 예외 없이 이 방망이를 휴대하시기 때문에 방망이는 선생님의 분신이나 다름없었다. 지금도 중학교 동창들끼리 모여서 선생님이 화제에 떠오르면 이구동성으로 '방망이' 얘기가 나올 정도이다.

그런데 이 공포(?)의 방망이로부터 가장 많은 피해(?)를 입은 사람은 바로 나 자신이 아닌가 생각된다. 어느 날 교무실로 불려간 나에게 선생님은 엄숙히 선언을 하셨다.

"앞으로 치르는 모든 시험에서 90점이 되지 않으면 5점에 한 대씩 맞는다."

는 말씀이었다. 그때는 거의 이틀에 한 번씩 시험을 치르는 형편이었는데, 모든 시험에서 90점 이상을 받기는 어려웠다. 87점이면 한 대, 82점이면 두 대, 74점이면 넉 대를 맞아야 했다. 어떤 경우에는 먼젓번 매맞은 자리의 상처가 아물기도 전에 또 맞기도 했다. 나의 종아리를 때릴 때의 선생님의 표정은 지극히 냉정했다. 그때는 선생님이 너무도 원망스러웠고 야속했다. 어느 날 교무실에서 넉 대를 맞고 집으로 돌아갈 때였다. 피멍이 든 상처가 바짓가랑이에 스쳐 어기적거리며 걷고 있노라니 갑자기 눈물이 쏟아지며 차라리 죽어버리고 싶은 생각이 들었다. 용기가 없어 죽지는 못했지만, 선생님의 매질이 나의 부친의 특별 부탁에 의해서 이루어졌다는 사실을 안 것은 고등학교에 진학하고 나서였다. 그리고 나에게 매질을 하실 때의 그 냉정한 표정의 의미를 알게 된 것은 또 그로부터 한참 뒤의 일이었다. 피멍이 든 종아리에 또 매질을 하실 때의 선생님의 심정이 어떠했을까? 선생님께서는 이 괴로운 심정을 냉정한 표정으로 위장하신 것이다.

그로부터 19년이 지난 1979년, 내가 대구의 계명대학교에 있을 때 몇몇 동창들과 선생님을 모신 적이 있었다. 그때 선생님은 대구 근교의 어느 중학교 교장선생님으로 계셨다. 밤늦게까지 약주를 드시면서 댁으로 돌아가시라는 우리들의 권유에,

"늙은 마누라보다 자네들과 밤새 술 마시는 것이 더 좋다."

고 말씀하시면서 그날 밤을 우리들과 함께 지내셨다. 그리고 서울에 오실 때마다 나를 만나기 위해 전화를 하셨는데 공교롭게도 번번이 통화를 할 수 없었다고 하셨다. 19년 만에 뵙는 선생님의 이 말씀에 나는 너무도 송구스러운 마음을 금할 수 없었고 또한 중3 때 내가 맞은 매가 '사랑의 매'였다는 것을 다시금 깨닫게 되었다.

　작년에는 TV의 대담 프로에 출연한 나를 보시고

　　"계속 연구 많이 하여 전국에서 제일 가는 훌륭한 학자가 되기
　　바란다"

는 내용의 서신을 보내 주셨다. 이 서신에서 나는 자식이 잘되기를 바라는 부모의 마음을 읽을 수 있어서 가슴이 뭉클해졌다. 나도 이제 학생들을 가르치는 사람으로서 과연 선생님만한 애정을 가지고 학생들을 지도하고 있는가를 다시 한번 돌이켜본다. 그리고 선생님에 대한 애절한 그리움을 이 초라한 글로 달래 본다.

(1989)

정병욱鄭炳昱 선생님

  내가 선생님을 처음 뵌 것은 대학에 입학하던 해인 1962년이었
다. 문리대 영문과에 입학한 나는 불문과, 독문과와 함께 소위 文B
반으로 편성되어 선생님으로부터 교양국어 강의를 들었다. 첫인상
은 매우 근엄하고 깐깐한 선비의 모습이었다. 그러나 강의를 듣는
동안, 고전 문학을 전공하는 선비답지 않게 서구적 세련미를 지닌
분이라는 걸 알게 되었다. 文B반이 서양 문학을 전공하는 학생들임
을 의식하신 탓인지 선생님은 유난히 서구적 방법론의 도입을 강조
하신 것이 기억에 남는다. 그 당시엔 너나 없이 휴강이 많았지만 특
히 휴강이 잦았던 선생님이 강의실에 오신 것은 손꼽아 셀 수 있을
정도였다. 그나마도 한 학기가 끝난 후엔 하버드 옌칭의 객원교수로
미국에 가셨기 때문에 더 이상 선생님을 대할 기회가 없었다.

선생님을 다시 뵌 것은 1976년이었다. 그때 나는 영문과를 졸업한 지 10년 만에 '청운의 뜻'을 품고 대학원 국문과에 진학하기 위한 준비를 하고 있었다. 문리대 국문과를 졸업한 아내를 앞세워 선생님들을 찾아뵈었는데 백영 선생님께서는 나를 격려하는 말씀을 많이 해 주셨다. 영문학을 전공하고 국문학을 공부하는 것이 큰 장점이 될 수 있다는 요지의 말씀이었던 것으로 기억된다. 이에 용기를 얻은 나는 주제넘게 석사과정의 말석을 더럽히면서 선생님의 훈도를 본격적으로 받게 되었다.

선생님을 추모하는 이 자리에서 선생님의 학문적 업적을 운위하는 것은 나 같은 사람으로서는 애초에 외람된 일이고, 다만 선생님을 가까이서 모실 수 있었던 짧은 기간 동안 인상에 남는 몇 가지 일화를 회상해 봄으로써 선생님에 대한 그리움을 반추하고자 한다.

내가 대학원에 입학한 후 초기에 선생님으로부터 받은 것은 충격뿐이었다. 첫 충격은 합격자 발표가 나고 강의가 시작되기 전의 어느 날이었다. 나 같이 '늙은 학생'을 버리지 않고 거두어 주신 선생님들께 고마운 뜻을 표하기 위하여 아내와 함께 네 분 선생님들을 모시고 저녁식사를 대접했다. 반주를 곁들인 식사가 끝나고 헤어졌는데 나와 같은 방향으로 가시던 백영 선생님께서,

"이봐 송군! 한잔 더 하지 않겠나? 명자(아내의 이름)는 집에 보내

고.”

라고 말씀하셨다. 잠깐 망설이다가 곧 아내를 먼저 보내고 나는 선생님을 뒤쫓아갔다. 무교동 뒷골목에 있는 어느 까페로 들어가셨는데, 지금은 흔하지만 그때로서는 좀 보기 힘든 스타일의 술집이었다. 선생님이 양주를 좋아하신다는 사실을 그때 알았다. 네 분 선생님들의 술에 대한 취향도 달랐다. 백영 선생님과 일모(정한모) 선생님은 '양주파' 였고 백사(전광용) 선생님은 줄기차게 맥주만 드셨으며 성산(장덕순) 선생님은 오로지 소주만 찾으셨다.

술집에 들어가니 예쁘장한 아가씨가 반색을 하며 선생님을 맞았다. 아마 오랜 단골이었던 같았다. 술을 시켜 놓고 몇 마디 이야기가 오고 간 후에 이미 상당히 취해 있었던 선생님은 기다란 소파 위에 아가씨의 무릎을 베고 누워 버렸다. 대학 1학년 때 강의실에서의 선생님만 기억하던 나는 아연실색하지 않을 수 없었다. 선생님은 누워서 노래도 부르시고 이런저런 이야기도 많이 하신 것으로 기억되는데 구체적인 이야기 내용을 지금은 전혀 기억할 수 없다. 아마 그때 너무나 큰 충격을 받은 때문이었을 것이다. 충격을 받긴 했지만 나는 그 너무나도 인간적인 선생님의 풍모에 흠뻑 취해 버렸다.

또 한번의 충격이 있었다. 석사과정 1학년 때 전라도 무주로 학술답사를 갔었다. 예나 지금이나 학술답사를 가면 저녁에는 으레 술판이 벌어지게 마련이다. 그때 들은 선생님의 '무용담'이 나에게 충격을 주었다. 그 무용담의 요지는 이렇다.

젊었을 때 치통을 앓아 잇몸이 퉁퉁 부어 있는데 친구들이 찾아와서 술을 마시자고 유혹했다. 치통 때문에 술을 마실 수 없다고 했는데도 너무나 집요하게 유혹하고 약을 올려서 죽기 아니면 살기로 각오하고 친구들과 통음을 했다. 그랬더니 그 이튿날 부은 잇몸도 가라앉고 치통도 감쪽같이 사라졌다. 나중에 생각해 보니, 술을 마시고 안주를 먹으면서 부은 잇몸도 함께 씹어서 잇몸 속의 고름을 모두 빨아 삼켰고, 또 알코올로 소독까지 했으니 치통이 치료되는 것은 당연한 일이었을 것이라는 말씀이었다.

술에 있어서는 남에게 뒤지지 않는다고 자부하고 있던 나도 충격을 받지 않을 수 없었다. 이 정도는 되어야 술을 사랑한다고 말할 수 있지 않을까?

그러나 정말로 더 큰 진짜 충격은 따로 있었다. 학기가 시작된 3월 하순 어느 날 선생님은 석사과정 신입생들을 집합시켰다. 그리고는 학문하는 자세에 대하여 소상하게 훈시를 하셨다. 우리는 숨을 죽이고 선생님의 말씀을 듣고 있었다. 술집에서 아가씨 무릎을 베고 누우시던 때와는 전혀 다른 모습으로 추상같은 훈계를 하셨는데, 말씀의 결론은 직장을 가진 사람이 있으면 학문과 직장 중에서 하나를 택하라는 것이었다. 나는 심각한 고민에 빠졌다. 나는 당시 고등학교 영어 선생이었고 아내와 두 아들을 거느린 가장이었다. 선생님의 말씀이 너무도 단호해서 나는 그 후 한동안 선생님을 정면으로 뵐 면목이 없었다. 그래서 선생님을 피해 다녔다. 마치 '이놈, 너 아직도 직장을 그만두지 못했느냐?' 라고 질책하시는 것 같았기 때문이었다. 그러나 그것이 우리들의 학업을 면려하기 위한 '엄포'였다는 사실을 아는 데에는 오랜 시간이 걸리지 않았다. 그만큼 선생님은 학문에 대하여 엄격하셨다.

백영 선생님뿐만 아니라 다른 선생님들로부터 자주 들었던 한마디 말씀.

"요사이 젊은 사람들은 술도 제대로 마실 줄 모르고 그렇다고 반반한 논문도 못 쓰고 … 도대체 뭘 하는 거야!"

그렇다, 우리들은 한 가지도 못한 것을 선생님은 둘 다 지니고 계셨다. 이제 그런 선생님은 가시고 우리 곁에 안 계신다. 제자 앞에서 아가씨 무릎을 베고 누울 수 있는 멋과 풍류를 지니고도 그 찬란한 학문적 업적을 이룩해 낸 선생님과 같은 어른을 이제 어디서 만날 수 있으랴. 이 글을 쓰는 순간 불현듯 선생님이 너무도 그리워진다.

(1997)

성하盛夏의 나르시시즘

열에 들끓어 뜨겁게 아우성치던 불모不毛와 구원救援의 계절 봄도 지났다. 기억과 욕망을 뒤섞으며 봄비가 죽은 땅으로부터 라일락을 다시 피어나게 해도 우리는 4월을 잔인한 달이라 생각지 않았다. 짙은 향기를 뿌리며 성하盛夏에 군림한 싱싱한 녹음은 우리 마음의 어느 한 구석을 제 나름으로 기쁘게 해 주기도 한다. 그러나 4·19 기념탑 주위의 녹음과 잎 넓은 마로니에가 가져다주는 어린애 같은 환희의 하늘에 이따금씩 검은 구름이 스치는 건 어인 일인가? 7월의 열풍이 젊은 가슴을 부풀게 하고 있는 푸른 교정엔, 그러나 답답하고 메마른 바람도 함께 불고 있는 것이다.

학생회장 선거를 둘러싼 연래年來의 잡음은 학생들 자신에게서 이젠 학교 당국으로 그 무대가 옮겨졌다. 일찍이 각 단과대학의 신문들이 납득되지 않는 이유로 정간 또는 폐간되더니, 이제는 소위 '불법 야유회'를 갔었다는 이유로 과 회장이 처벌당하는가 하면, 주임 교수는 주임직을 사퇴하기도 한다. 교수는 총장을 믿지 못하고, 그 교수들은 또 학생들에게서 백안시白眼視되는 슬픈 사태가 교정에 독버섯처럼 검붉게 피어나고 있다. 교수회의에 참석할 흥미를 잃은 듯한 교수들은, 학생회장 선거가 불법이었다고 열을 올려 성토를 하던 그 정열을 표면화하지 못하는 학생들을 오히려 다행스럽다는 시선으로 바라보신다.

자의인지 타의인지는 모르지만 선생님들은 우리들에 대해서 지나치게 '인자하시다'. 신문 보도를 따른다면 모 학장님이 학생회 간부들을 초치해서 주연酒筵을 베푸실 정도로 인자하시다. 또 우리들의 장래를 지나치게 '염려해 주신다'. 교정에서 단식하는 학생들을 경찰이 연행해 가도록 부탁을 할 정도로 우리들의 건강까지 염려해 주신다. 우리들의 실력 향상을 위해서도 참으로 '부지런하시다'. 일요일 아닌 평일에 야유회를 갔다고 처벌을 하실 정도로 우리들의 실력 저하를 우려하신다. 그러나 우리들은 1년에 단 한 번 있는 신입생 환영 야유회를 왜 꼭 일요일에 가져야만 하는지를 알 수 없다.

알 수 없는 일은 이것뿐만 아니다. 학원을 위요圍繞하고 일어나는 거의 모든 것들이 알 수 없고 비뚤어진 일뿐이다. 그러나 피카소의 인물화처럼 찌그러진 이런 일들도 이젠 먼 이국의 어느 거리에서 일어나는 일들처럼 느껴지는 건 웬일일까? 학교 당국이 학생회장 입후보자들에게 제시한 몇 개 조항에 선서를 하지 않았다는 이유로 한 명이 실격되고 나머지 한 명이 무투표 당선된 공고가 나붙어도, 나타리 우드가 하바드대학에서 최악 여우주연상을 받은 사실보다 더 흥미롭지 못하다.

성하의 나른한 태양 아래서 우리들은 씁쓸한 인종忍從을 배우고 있는가 보다. 행동을 박탈당한 꼭두각시 노릇을 강요당하는 듯한 기분이다. 곰곰이 생각하면 왈칵 구역질이 날 노릇이다. 혼자서 속으로만 잔뜩 도사리고 앉아서 도대체 어쩌자는 건가? 열광과 환호와 분노를 잃어버리고 답답한 자의식自意識의 과잉 속에서 울분을 속으로만 삼켜 버리는 대학생들의 태도는 언제부터 이 나라 대학가의 풍조가 되어 버렸는가?

총장을 모신 택시가 교문을 들어오고 있었다. 교문 주위에 서 있던 학생들은 꼼짝 않고 서로들 이야기를 나눈다. 차가 들어오는 줄 모르고 있는 모양인지? 때는 이른 봄, 새싹이 막 돋아나고 있었지만 하늘은 칼날같이 날카로운 푸르름을 차갑게 자랑하고 있었다. 택시가 뿡뿡 경적을 울렸다. 일부 학생들은 옆으로 비켜서고 일부 '몰지각한' 나머지 학생들은 그대로 버티고 섰다. 계속해서 경적이 울려서야 못마땅한 듯 슬슬 비켜나는 학생들. 물론 학생들이 잘못이다. 그러나 사제간師弟間에 일어나는 이런 사태가 일어나지 않을 수 없었던 근본적인 원인을 검토해야 할 줄 안다. 사상 그 유례를 찾아보기 힘들게 군화軍靴가 학원을 짓밟고, 역시 사상 유례없이 학생이 총장 지나가는 차에다 대고 욕을 하고….

이러한 일들을 단지 내향內向을 강요당한 젊음의 철없는 자기 발산이라고만 해 버릴 수 있을까? 왜곡된 대학의 풍경은 우리들에게서 행동을 빼앗아가 버렸다. 너무도 큰 기대가 무참히 좌절된 후에 오는 자조自嘲와 냉소冷笑의 회오리가 대학가를 휩쓸고 있다.

우리는 본다. 게다 소리 듣기 싫다고 굵은 목소리로 절규하던 4·19 기념탑 앞 그 자리에, 지금은 키 작은 일본인 관광단이 신기한 듯 카메라를 들이대고 있는 것을. 그러나 벤치 위의 지성들은 쓴웃음만 푸른 하늘로 날려보낼 뿐, 태양이 비치듯, 물이 흐르듯 별 흥미 없는 일로 되어 버렸다.

그렇지만 우리는 온몸에 울긋불긋한 물감을 칠하고 바보처럼 웃음을 날리는 삐에로만은 아니다. 아니 우리 스스로가 삐에로의 탈을 뒤집어쓴 것이다. 어릿광대처럼 어리석은 표정 뒤에 뱀처럼 날카로운 지성을 갖고 사자처럼 뜨거운 정열을 아껴둘 것이다. 상처투성이 대학의 가련한 모습을, 흰 붕대를 감은 조국의 신음하는 참상을 어느 땐간 예리하게 진단해서 효과적인 수술을 감행할 것이다. 눈물겹도록 메마른 불모의 계절이 이 조국에 계속되는 한, 구원의 가능성은 항상 '우리 곁에' 있다는 것을 우리는 굳게 믿는다. (1966)

학문 연구와 현실 참여와의 거리

    제19대 총학생회장 보궐선거는 최근 몇 년 동안의 그 어느 선거보다 활기에 차 있다. 선거 유세장에 모인 학생들의 숫자도 상당하고, 북·장고·꽹과리 등을 동원하여 분위기를 고조시키는 일도 전에 없던 일이다. 또한 건물 벽, 게시판, 엘리베이터 안, 심지어는 화장실에까지 나붙은 요란한 벽보도 일찍이 볼 수 없었던 광경이다.

    선거전이 이렇게 열띤 분위기를 연출하는 것은 두 입후보자간의 노선 대립 때문인 듯하다. 지난 몇 년간의 선거전은 이와 달랐다. 비슷한 성향의 후보들이 출마하여 어느 후보가 당선되더라도 '대세'에 별 영향이 없었거나, 아니면 단독으로 입후보하여 찬반 투표를 하는 것이 고작이었다. 그럴 경우에는 선거전의 양상이 냉랭해지고 또 선거의 재미도 떨어지게 마련이다.

이번에 출마한 두 후보의 정견政見과 공약公約을 보면 그 지향점에 상당한 차이가 있음을 발견할 수 있다. 기호 1번은 '제헌의회 소집'이라는 구호에서 나타나는 바와 같이 대국적인 견지에서 우리 사회가 안고 있는 근본적인 문제의 해결을 주창하고 있다. 반면에 기호 2번은 교양영어의 프리테스트 폐지, 탈의장과 샤워실 설치 등의 공약을 내세워 주로 교내 문제의 해결에 역점을 두고 있다. 이들 두 견해는 각각 학생운동의 기본 방향 설정과 밀접하게 연관되어 있기 때문에 그 대립의 양상이 첨예하다. 말하자면 서로 양보할 수 없는 싸움인 듯이 보인다. 그래서 선거전이 치열한 것으로 생각된다. 우리는 이렇게 다양한 목소리의 출현을 환영한다. 학생들은 자신의 소신에 따라 자신들의 대표를 선출해 주기 바란다. 다만, 모처럼의 활기찬 선거에 거는 우리의 기대가 큰 만큼 이 기회에 학생운동의 기본적인 성격에 관하여 몇 마디 언급하고자 한다.

　지금 대학이 처해 있는 가장 심각한 문제는 학문 연구와 현실 참여와의 거리를 어떻게 유지하느냐 하는 문제일 것이다. 물론 이 두 가지는 서로 분리해서 생각할 수 없다. 현실 문제를 무시한 학문 연구는 공허해지기 쉽고, 학문적인 이론의 뒷받침이 없는 현실 참여는 뿌리가 튼튼하지 않은 나무와 같다. 그러나 굳이 양자의 선후를 따진다면 현실 문제의 해결을 전제로 한 학문 연구가 대학의 본령이 되어야 할 것이다. 지금 이 시대 우리가 당면하고 있는 가장 중요한 현실 문제가 민주화라고 한다면 민주화에 대한 이론적인 탐색이 먼저 이루어져야 한다.

왜 우리나라는 해방된 지 40년이 지난 오늘에 이르기까지 참다운 민주주의를 실현하지 못하고 있는가, 민주주의를 실현하지 못하고 있는 이 시대의 모순은 무엇이며 그 모순을 해결할 수 있는 진정한 방법은 어떤 것인가 하는 문제들을 골똘하게 모색해야 한다. 그리고 이러한 모색은, 표면적인 현상의 껍질 속에 감추어진 본질을 드러내어 밝히려는 지적知的 작업 없이는 불가능하다. 이와 같은 지적 작업은 대학생의 의무이자 대학생만의 특권이다. 전경들에게 돌 던지는 몸싸움이 필요 없는 것은 아니지만 그런 일은 대학생이 아니라도 할 수 있다. 반면에 일반 생산직에 종사하는 근로자들에게는 학문 연구의 기회가 주어져 있지 않다. 그러므로 대학생이 가진 의무와 특권을 방기하는 것은 대학생 자신의 문제에만 국한되지 않고 이 나라의 민주화와도 관계가 있는 것이다.

대학생은 현실 문제에 관여하지 말고 공부만 하라는 말이 아니다. 대학생들은 응당 날카로운 현실 의식을 지녀야 한다. 정치 문제, 경제 문제에도 관심을 가져야 한다.

그러나 무지無知한 정치인, 이해관계에만 얽혀 있는 정치인에게 경종을 울려 줄 수 있는 이론을 앞세우고 정치에 관심을 가져야 하며, 우리 경제의 실상과 허상을 정확히 파악한 위에서 경제에 관심을 가져야 한다. 전경들에게 돌멩이만 던질 것이 아니라, 돌멩이보다 더 아픈 그 무엇을 전경들 아닌 다른 대상에게 던질 수 있어야 한다. 그러기 위해서는 학문을 하지 않을 수 없다.

그렇게 함으로써만 대학생을 포함한 지식인 일반의 비판적 기능이 돋보일 것이다. 그렇다고 해서 대학생이 특권의식이나 선민의식을 가지라는 말이 아니다. 다만 대학생 아닌 사람들은 할 수 없고 대학생만이 할 수 있는 일을 하자는 것이다.

새로 구성될 총학생회는 대학이 이러한 기능을 올바르게 발휘할 수 있도록 그 여건을 마련하는 데에 힘써야 할 것이다. 총학생회장에 당선되자마자 시위를 주도한 후 구속되고 이어서 보궐선거를 치르는 식의 악순환을 어쩔 수 없는 일이라고만 할 수 있겠는가. 학생 자치 활동의 대표 기구인 총학생회가 이 시점에서 할 수 있는 최선의 일이 어떤 것인가를 깊이 생각해 볼 때라고 여겨진다.

(1987)

진통 겪는 학풍 쇄신 운동

　민주화의 시대를 열기 위한 진통이 사회 각 분야에서 일어나고 있다. 민주주의는 다른 사람이 우리에게 던져주는 선물이 아니고 우리 스스로가 쟁취해야 하는 것이라면, 이러한 진통은 불가피한 하나의 과정이라고 보아야 할 것이다. 우리 성균관대학교도 예외는 아니어서 학내 민주화의 물결이 거세게 소용돌이치고 있다. 이 중의 하나가 요즈음 문제가 되고 있는 유학대학 학풍 쇄신 운동이다. 그동안 유학대학 학생들이 게재한 대자보와 각종 유인물을 보면 문제의 성격이 예상보다 심각함을 알 수 있다.

　공개적으로 특정 교수의 퇴진까지 요구하기에 이른 이 문제는 비단 유학대학만의 일이 아니고 성균관대학 전체의 일이며 나아가서는 우리나라 대학 전체가 안고 있는 문제점이 표출된 것이라 할 수 있다. 이러한 시각에서 우리는 이번 문제에 대하여 조심스럽게 우리의 의견을 제시하고자 한다.

학생들이 주장하는 유학대학의 문제점은 다음과 같은 세 가지로 집약할 수 있다. 첫째는, 유학을 종교화하려는 일부 교수들의 발상이 잘못되었다는 것이다. 학생들의 주장에 의하면, 교수 개인의 신앙의 자유는 인정하지만, "학문 연구를 통해 역사 발전에 기여해야 할 공적인 책임을 지고 있는 공인公人"인 교수의 그러한 신앙심이 학문의 내용과 수업의 방향을 지배하는 데에 문제가 있다는 것이다.

둘째는 교과 과정이 불합리하게 구성되어 있다는 것이다. 교과 과정이 주자학, 성리학 위주로 짜여 있어서 근·현대 중국철학을 공부하려는 학생들의 학문적 욕구를 충족시킬 수 없다는 것이 학생들의 주장이다. 이것은 유학대학뿐만 아니라 이번 학기초에 문제되었던 사학과 등 전체 사회과학 분야와도 관련이 있다.

셋째는 교수들의 수업 방식에 문제가 있다는 것이다. "사회, 정치, 경제적 분석" 위에서 철학 연구가 이루어져야 함에도 불구하고, 자구 해석字句解釋에 치우친 경전 강독經典講讀식 수업이 주류를 이루고 있다는 것이다.

유인물을 통하여 나타난 위와 같은 학생들의 주장이 사실과 어긋남이 없는 진술이라면 상당한 타당성을 지닌다고 생각된다. 물론 유학대학 내에서도 학과에 따라서 사정이 조금씩 다를 것이고 학부 학생과 대학원 학생 사이에도 견해의 차이가 있을 것이다. 그러나 전체적으로 볼 때 학생들의 주장은 능히 있을 수 있는 학문적 정열의 소산으로 보인다. 어느 대학, 어느 학과도 진선眞善 진미眞美하게 운영될 수는 없을 터인즉, 그때그때 드러나는 모순들을 시정하려는 학생들의 요구는 충분히 있을 수 있는 일이다. 이 점은 학생들뿐만 아니라 교수들의 경우도 마찬가지이다. 그러기에 교수들도 교과 과정을 좀더 합리적으로 개선하려고 자신의 수업 방식을 반성하며 학생들을 꾸짖기도 하는 것이다.

그런데 이번 사태의 심각성은 학생들의 문제 해결 방식에도 있다. 학생들의 주장에 의하면, 위와 같은 문제를 해결하기 위해서는 몇몇 교수들의 퇴진이 선행되어야 한다는 것이다. 왜냐하면 현행 교과 과정은 기존의 교수들 위주로 편성되어 있어서 기존 교수들로서는 실질적인 교과 과정 개편이 불가능하다는 것이다. 또한, 따라서 수업 방식의 개선도 기대할 수 없다는 주장이다. 그런 다음에 교수 학생 협의회를 구성하여 이후의 강사 초빙, 교과 과정 개정 및 학풍 쇄신을 위한 현안 문제 등을 토의하고 이의 실현을 위하여 지속적인 노력을 경주하자는 것이다.

우리는 그동안 유학대학 학생들과 교수들 사이에 어떤 일이 있었는지 모른다. 그러나 드러난 결과만 놓고 본다면 이번 학생들의 주장이 좀 지나치다는 느낌을 갖지 않을 수 없다. 학생들의 주장이 아무리 옳다고 하더라도 제자가 선생에게 극단적인 폭언을 하는 일은 조금은 삼가야 할 것이다. 교수들의 유능有能 무능無能 여부를 학생들이 칼로 베듯이 재단할 수 있는지를 깊이 생각해야 할 것이다. 학생들은 아직도 배움의 과정에 있는 사람들이다. 배움의 과정에 있는 학생들이 선생의 학문 자세, 교수 방법, 인격을 성급히 판단하려 해서는 안 될 것이다. 선생의 잘못을 탓함과 아울러 자신을 겸허하게 반성할 줄도 알아야 한다. 그리고 사안의 성격이 어떠하든지간에 사제간師弟間의 최소한의 예의를 지키면서 일을 처리하는 것이 순리라고 생각한다.

학풍 쇄신과 학문 발전을 위한 학생들의 충정은 이해하고도 남음이 있지만, 극단적인 방법으로 문제를 해결하려 한다면 문제의 해결도 어려울 뿐더러 자칫 잘못하면 학생과 교수를 대립의 상태로까지 몰고 갈 위험이 있다. 현 시점에서는 학생과 교수의 관계가 대립적인 상태도 아니고 대립적이어서도 안 된다. 이 나라의 민주화를 성취하려는 젊은 학도들의 앞에는 민족 모순과 계급 모순이라는, 해결해야 할 준봉峻峰이 가로놓여 있다는 사실을 염두에 두고 이번 문제를 지성인답게 슬기롭게 대처해야 할 것이다.

(1988)

학원 자율화를 위한 제언

소위 6 · 29 선언의 여파로 학원의 민주화, 학원의 자율화가 활발히 논의되고 있다. 우리는 최근의 경험으로 미루어 진정한 학원의 민주화가 그리 간단한 문제가 아님을 알고 있다. 1980년 서울의 봄을 맞아 김옥길 문교부 장관이 추진한 자율화 정책이 무참히 짓밟혔던 쓰라린 경험을 가지고 있으며, 1984년도인가 정부에서 내세운 학원 자율화 정책이 '예상대로' 오래 가지 못하고 오히려 더 심한 학원 탄압 정책으로 바뀐 사실을 우리는 너무나 똑똑히 기억하고 있다. 이제 모처럼 주어진 기회를 놓치지 말아야 하겠다는 생각에서 학원 자율화 정책을 위한 몇 가지 제언을 하고자 한다.

지금까지의 학원 정책이 주로 학생들의 동향에 대한 대응의 형태로 수립되어 온 사실에서 나타나듯 학원 민주화 또는 자율화의 핵심적인 변수는 학생들이다. 그렇기 때문에 제적된 학생들의 복교 문제가 무엇보다도 먼저 해결되어야 한다고 본다. 먼저 시국에 관련되어 제적된 학생들은 전원 복교되어야 한다. 민주화를 한다는 마당에서, 민주화를 외치다가 제적당한 학생들을 복교시키는 것은 너무나 당연한 일이다. 그리고 졸업정원제에 의한 탈락자와 학사경고로 인한 제적생들도 복교시키는 것이 마땅하다.

졸업정원제와 학사경고라는 제도가 애초에 학생들을 위하여 만들어진 것이 아님을 우리는 알고 있기 때문이다. 졸업정원제는 이미 그 불합리성이 노정되어 사실상 유명무실한 상태에 있다. 그렇다면 형평의 원칙에 의해서도 이 제도의 최초의 희생자들은 구제되어야 한다. 학사경고도 기본적으로는 학생들을 학점에 옭아매기 위하여 만들어진 제도이다. 연속 3회, 통산 4회라는 제적 기준이, 학생운동이 격렬해짐에 따라 연속 2회, 통산 3회로 강화된 사실만 보아도 이 제도가 노리는 것이 무엇인지를 알 수 있다. 심하게 말한다면 학생을 학점의 노예로 만들어, 대학 생활에서 누릴 수 있는 자유로운 과외 활동과 발랄한 창의성을 거세하는 결과를 낳았다.

연속 2회, 통산 3회의 학사경고를 받았다고 해서 그 학생이 대학 생활을 계속할 자격이 없다고 판정하는 것은 넌센스이다. 그러므로 비민주적이고 비교육적인 이 두 제도에 의하여 학교를 떠난 학생들을 복교시켜 새로운 마음으로 공부할 수 있는 기회를 주는 것이 옳다고 본다.

　당국의 비정상적인 학원 정책이 낳은 또 하나의 기형아가 교수회의이다. 학교의 중요한 사항을 심의하고 결정해야 할 교수회의가 언제부터인가 교무위원회의 지시를 전달하는 기구로 전락해 버렸다. 문교부→총장→교무위원회→교수회의→학생으로 이어지는 군대식 상명하복의 과정에서 교수회의는 하나의 요식 행위에 불과할 뿐이다. 군대 사회에서는 거대한 집단의 통솔을 위해서 상명하복이 필요할지 모르지만 한 나라의 최고 지성인들이 모여 있는 대학 사회에서 지시 · 전달 위주의 행정을 편다는 것은 참으로 어처구니없는 일이다. 오랫동안의 비민주적인 관행을 하루 빨리 청산하고 교수회의가 활성화되어야 할 것이다. 그러기 위하여 교수협의회 또는 교수평의회의 구성이 시급히 요청된다. 정부 당국과 재단의 영향권에서 비교적 떨어져 있는 일반 교수들의 모임이라야 학교 발전과 학원 민주화를 위한 객관적 시각을 확보할 수 있다고 믿기 때문이다. 또 그래야만, 학생 지도의 책임은 교수들에게 지우면서 학생 처벌 과정에서는 교수들이 철저히 소외당하는 식의 사태가 시정될 수 있을 것이다.

　집회와 결사의 자유는 헌법에 명시된 국민의 기본권임에도 불구하고 집단행동을 불온시하는 풍조 때문에 지금까지 교수협의회의 구성이 어려웠던 것이 사실이다. 또 1980년에 해직당한 교수들 중 상당수가 소속 대학의 교수협의회 구성을 주도했던 분들이라는 사실도 알고 있다. 그러나 지금은 사정이 다르다. 문교부 측에서 교수 협의회의 구성을 용인하는 듯한 태도를 보이고 있는 것이다. 이런 상황에서 아직도 협의회가 구성되지 않고 있는 우리 학교의 사정을 이해할 수 없다.

대학 총장의 선출권도 일반 교수들에게 넘겨져야 한다. 지금까지의 절차를 보면 국·공립 대학은 정부에서 임명했고 사립 대학의 경우는 재단 이사회에서 결정하여 문교부의 승인을 받는 것으로 되어 있다. 어느 경우나 행정 당국이 절대권을 가지고 있다. 이렇게 해서 총장 자리에 앉은 사람이 교수와 학생을 위하기보다 재단과 행정 당국의 눈치보는 일에 더 신경을 쓰는 것은 당연한 일이다. 물론 총·학장들이 다 그런 것은 아니겠지만 우리는 불행하게도 그렇지 않은 총·학장을 별로 보지 못했다.

어떤 형태로든 총·학장은 민주적인 방법에 의하여 선출되어야 한다. 대통령도 직선하는데 대학의 총·학장을 교수들이 직접 선출하지 못할 이유가 없다. 그래야만 학생들이 총장실을 점거하는 일도 없어질 것이고, 졸업식장에서 총장에게 야유를 보내며 퇴장하는 일도 사라질 것이다.

(1987)

민주적 학원 자치 실현을

　금년 들어 전국의 학원가가 격심한 소용돌이 속에서 진통을 겪고 있다. 이른바 학원 민주화라는 열병을 앓고 있는 것이다. 돌이켜보면 이러한 진통은 1961년 박정희의 군사 쿠데타 이후 30여 년 동안 계속되어 온 군사 독재의 부산물이다. 총과 탱크로 권력을 잡은 독재자들이 정권을 유지하는 데에 가장 큰 장애물이 학생들이었다. 모든 국민들의 입을 틀어막고 팔다리를 묶어 빈사 상태에 빠뜨릴 수는 있어도 학생들을 자기 마음대로 조종할 수는 없었다. 그럴수록 정부 당국은 강도를 더하여 학생들을 탄압했다. 군사 독재자들은 '국력'을 기울여 학원 대책 마련에 부심했다. 학원 대책은 자기들의 사활死活에 관계된 일이었기 때문이다.

　이런 과정에서 학원은 멍들어 갔다. 사회 양심의 마지막 보루이어야 할 학원이 그 본래의 기능을 상실해 가고 있었다. 비민주적인 사립학교법은 독재 권력과 사학 재단의 야합을 가능케 했으며, 재단에 의하여 임명된 대학의 총장은 교수와 학생의 권익보다 재단의 이익에 봉사하지 않을 수 없었다. 그렇게 함으로써 간접적으로 독재 정권 유지에 일익을 담당했던 것이 사실이다. 뿐만 아니라 일부 교수들까지 학원의 비민주적 운영에 '헌신적으로' 기여하는 사태까지 일어났다.

이런 탄압 속에서도 학생들의 민주화 투쟁은 식을 줄 모르고 계속되어 이제 우리는 불완전한 상태이긴 하지만 민주화의 첫걸음을 내디딘 것이다. 이 마당에서 우리의 민주주의를 더욱 튼튼히 다져 굳건한 반석 위에 올려놓기 위해서는 과거의 비민주적인 요소들을 척결하는 것이 급선무이다. 참으로 창피하고 더러운 과거의 찌꺼기를 말끔히 씻어 내어야 새로운 미래를 보장할 수 있는 것이다.

학원 민주화 투쟁도 이 '찌꺼기 씻어 내기'의 일환에 다름 아니다. 이 찌꺼기는 반드시 씻어 내야 할 것임에 틀림없지만, 워낙 해묵은 찌꺼기이기 때문에 쉽게 씻겨지지 않는다. 그래서 진통이 따르는 것이라 생각된다. 그러나 진통이 너무 크면 심각한 부작용이 일어날 수 있다. 지금 우리는 오랜 독재가 남겨 놓은 찌꺼기 제거 작업에서 오는 후유증을 너무나 심하게 앓고 있는 것이 아닌가? 무리하게 찌꺼기를 없애려다 자칫 잘못하면 그릇마저 깨뜨릴지 모르는 일이다.

학생들의 학원 민주화 투쟁을 원칙적으로 찬성하면서 한편 우려되는 몇 가지 생각을 개진하고자 한다.

무엇보다도 이 시점에서 학생들에게 당부하고 싶은 것은 지금이 학내 민주화를 위해서 그토록 처절한 싸움을 벌여야 할 때인가를 다시 한번 생각해 보라는 것이다. 오늘날 이나마의 자유라도 획득하게 된 것은 학생들의 위대한 투쟁의 결과이다. 그러나 진짜 투쟁은 지금부터이다. 이 나라의 민주화는 이제 희미한 통로가 보이는 정도에 불과하다. 어렵게 확보한 이 민주화의 통로가 언제 다시 막힐지 모르는 일이다. 저 회상하기조차 싫은 군부 독재를 그리워하는 세력들이 주위에서 호시탐탐 기회를 노리고 있다는 사실을 기억해야 할 것이다. 지금은 한시도 방심할 수 없는 상황이다. 위대한 학생운동의 전통을 이어받아 이들 세력이 다시는 고개를 들지 못하도록 하는 것이 지금으로서는 최우선 과제이다.

소문에 의하면 사학 재단 연합회가 문교부와 결탁하여 재단의 학사 운영 참여를 보장하는 취지의 입법을 추진하고 있다고 한다. 이 법안에 의하면 재단 이사장이 총장을 겸임할 수 있고, 재단 이사가 학·처장을 겸임할 수도 있다고 한다. 이렇게 되면 재단이 명실 공히 학교를 장악하게 된다. 이미 입법예고까지 되었다는 얘기도 있다. 하나의 예에 불과하지만 이런 근본적인 문제에 투쟁의 역량이 모아져야 하는 것이다.

그렇지 못하고, 각 대학별로 어용 교수, 무능 교수의 퇴진이라든 가 특정 재단의 퇴진 문제를 가지고 지루한 줄다리기를 계속한다면 이것은 엄청난 전력의 낭비이다. 또한 지난해의 6·29 선언과 대통령 선거 이후 적절한 투쟁 대상을 찾지 못한 데서 오는 학생들 내부의 혼란으로 비쳐질 가능성도 있다.

　　더구나 어느 대학의 경우처럼 학생회의 주도권 쟁탈에서 열세에 놓인 측이 세력 만회의 수단으로 재단에 대하여 강경 대응을 한다는 인상을 준다면 참으로 불행한 일이다. 악덕 재단의 퇴진과 어용 교수의 퇴진, 그리고 교수·학생 협의회의 구성은 반드시 이루어져야 한다. 그러나 그것을 학생들의 물리적인 힘에 의존해서는 안 된다. 또 당장 물리적인 힘으로 해결해야 할 가장 급한 일도 아니다. 아직도 대학에는 양심적인 교수들이 많이 있다. 이 양심적인 교수들의 경험과 지혜를 학생들의 패기와 조화시킬 수 있는 길을 모색하는 것이 현명한 방법이라 생각한다. 언제나 그랬듯이 학생들은 보다 큰 문제, 보다 근본적인 문제에 관심을 가져야 할 것이다.

(1988)

사학 재단의 역할과 기능

　지난 3월 16일 제148회 임시국회에서 통과된 사립학교법 개정안은, "사학에 대한 행정감독권을 축소하여 사학의 자율성을 높이고 사립학교 교원의 신분 보장을 강화한다"는 것을 그 명분으로 삼고 있다. 실제로 개정법을 검토해 보면 행정감독권을 다소 축소한 흔적은 보이지만, 내세운 명분과는 반대로 사립학교 교원의 신분 보장이 전혀 강화되어 있지 않고, 사학의 자율성 보장에 대하여도 문제가 많다.

　우선 교원의 신분 보장을 살펴보자. 신분 보장이란, 부당한 징계 또는 해고로부터 보호를 받는 것을 뜻한다. 그런데 개정법은 교원의 임면권을 대학의 총·학장으로부터 학교법인 즉 재단으로 이양시켰다. 교원의 임면권을 재단의 이사장이 행사함으로써 교원의 신분 보장이 강화되리라고 생각하는 사람은 아무도 없을 것이다. 뿐만 아니라 지금까지 대학 내에 두었던 징계 재심 위원회를 관할청(문교부)에 설치토록 한 규정, 교수 임용 기간을 재단이 임의로 정할 수 있게 한 규정, 명예퇴직 제도의 신설, 임시교원 임용제도의 도입 등은 개정법이 명분으로 내세운 교원의 신분 보장과 너무나 거리가 멀다.

사학의 자율성을 높인다는 것도 그야말로 명분에 불과한 구차스런 변명이다. 자율성을 높이겠다는 것은 사학이 지금까지 타율에 의하여 지배되어 왔다는 사실을 스스로 인정하는 셈인데, 이 타율이 과거에는 행정 권력이 사학을 장악하고 통제한 형태로 나타났었다. 이제 개정법은 총·학장 임명 시에 요구되었던 문교부의 승인권을 삭제했다. 아마 이것을 두고 사학의 자율성을 높인다고 말하는 모양이다. 그러나 진심으로 사학의 자율성을 높이려는 의지가 있다면 그동안 각 대학에서 평교수 협의회 등을 통하여 확보해 놓은 총·학장 직선제 안을 받아들였어야 할 것이다.

또한 개정법은 대학 평의원회와 예·결산에 관한 자문위원회를 구성토록 하여 외견상으로는 대학의 자율성을 보장하는 것 같지만 사실은, 대학의 자율화와 민주화를 추구해 온 평교수 협의회의 활동을 무력화시키기 위한 음모로 보인다.

여기서 사학의 자율성이라고 말할 때의 '사학'의 개념을 다시 생각해 볼 필요가 있다. 개정법을 검토해 보면 여기서 말하는 '사학'은 학교법인을 지칭한다고밖에 볼 수 없다. 개정법이 사학의 자율성을 내세우면서 실제로 자율권을 부여한 대상은 재단이기 때문이다.

개정법에 의하면 재단은 실로 무소불위無所不爲의 막강한 권한을 행사할 수 있게 되어 있다. 총·학장 임명권뿐만 아니라 재단 이사장의 배우자, 직계존속, 직계비속까지도 해당 대학의 총·학장에 임명될 수 있게 되었고, 재단이사회 내의 친인척 임용 비율을 3분의 1에서 5분의 2로 상향조정했으며, 지금까지 총·학장이 가지고 있던 사무직원의 임면권도 재단이 장악하도록 했다. 그러나 상식적으로 생각해 봐도 사학의 주체가 결코 재단일 수는 없다. 사학의 주체는 교직원과 학생이다.

그러므로 개정법이 사학의 자율성을 높인다고 했을 때, 국가 권력에 의한 타율로부터 자율성을 획득한 당사자는 학교재단이지 교직원과 학생이 아니다. 교직원과 학생은 오히려 지금까지 누렸던 자율성마저 박탈당하고 재단에 의한 타율의 지배하에 놓이게 된 것이다.

이렇게 볼 때 이번의 사립학교법 개정안은 전적으로 사학 재단의 권한을 강화시키기 위한 조치였음이 분명하다. 재단의 권한을 강화하여 대학의 운영을 재단의 통제하에 두는 것이 과연 대학의 발전을 위하여 필요한 일인가? 이 시점에서 우리는 사학 재단의 역할과 기능에 대하여 진지하게 생각해 볼 필요가 있다. 사립학교법에 재단을 두도록 명시한 것은 재단으로 하여금 학교 운영을 도와주라는 취지에서였을 것이다. 도와주는 방법에는 여러 가지가 있겠지만 가장 중요한 것은 재정적인 도움일 것이다. 어떤 의미에서 이 재정적인 도움은 재단의 의무 사항이라 할 수 있다. 그런데 언제부터인가 이 나라의 사학 재단은 이러한 의무를 저버리고 학교 경영을 통하여 이윤을 추구하기 시작했다. 급기야는 이른바 학원 재벌이 탄생하기도 했다. 재단이 이윤을 추구하지 않는다고 하더라도 학생들의 등록금만으로 학교를 운영하고 있는 것이 현재의 실정이다.

재단이 재단으로서의 역할과 기능을 제대로 수행하지 못하고 있는 현시점에서 또다시 재단에 막강한 권한을 부여하려는 처사를 이해할 수 없다. 그렇지 않아도 인사권, 재정권을 둘러싼 사학 재단의 비리를 익히 보아 온 터라, 이번 개정법이 사학 재단과 국가 권력의 야합이라는 인상을 떨쳐 버릴 수 없다. 나아가서 사학 재단을 통한 국가 권력의 학원 통제의 일환이라는 의구심마저 든다.

(1990)

학부제를 위하여

초·중·고·대학을 막론하고 교육계에 개혁의 바람이 불고 있다. 초등학교의 명칭 변경에서부터 교과 과정의 새로운 편성, 입시 제도의 변화에 이르기까지 지금 불고 있는 개혁의 바람은 가히 태풍이라 할 만하다.

국민들은 지금 추진되고 있는 일련의 교육 개혁을 충격으로 받아들이면서도 대체로 긍정적인 평가를 내리고 있다. 그러나 무슨 개혁을 하든 개혁을 하려면 옳은 방향으로 해야 하고 철저히 해야 한다. 이런 맥락에서 지금 대학 사회를 몸살나게 하고 있는 이른바 학부제의 문제를 냉정하게 재검토해 볼 필요가 있다.

왜 학부제를 실시하는 것인가? 미시적으로 보면 유사학과類似學科의 통폐합에 일차적인 목적이 있다. 그동안 우리나라 대학은 학생정원을 얻어 내기 위한 편법으로 수많은 유사학과를 신설해 왔다. 이렇게 해서 학생 수가 증가하면 학교의 수입도 많아진다. 그리고 이러한 대학의 양적 팽창을 대학의 발전이라고 잘못 생각해 왔다. 유사학과의 신설은 학문 영역을 지나치게 세분화하는 결과를 낳는다. 지나치게 세분화되면 학생들에 의한 학문의 편식을 막기 어렵다. 음식을 편식하는 어린이가 건강할 수 없듯이 학문을 편식하는 학생이 옳은 공부를 한다고 할 수 없다. 복수전공 제도나 필수 과목의 축소 등은 학생들의 편식을 방지해 보려는 제도적인 장치라 할 수 있다.

학부제 실시의 거시적인 목적은 두 가지로 요약될 수 있다. 그 하나는, 학문 영역간의 장벽을 허물어 종합적으로 사고하고 총체적으로 연구하는 여건을 마련하는 것이고, 다른 하나는 학문 연구를 위한 기초 능력을 배양하는 것이다.

학부제하에서는 원천적으로 학과나 전공 개념이 없어야 한다. 대학원에서 보다 세분화된 전공을 공부하기 위하여 폭넓은 기초 학문을 다지는 곳이 학부제하의 학부 과정이 되어야 한다. 각 학부의 특성에 따라 수학이나 기초 과학, 어학, 철학, 역사, 경제학 등 어느 학문 영역에나 공통으로 기초가 되는 과목을 집중적으로 이수케 해야 한다.

그런데 현재 실시하고 있는 학부제의 실상은 어떠한가? 수강과목

신청이 자유로워진 학생들은 기초 과목을 외면하고 응용 과목에만 몰리고 있다. 이렇게 되니 학부제 실시로 기존의 강좌 수가 줄고 있는데다가 꼭 필요한 기초 과목마저 폐강될 위기에 놓여 있다. 학교 당국은 한술 더 떠서 가장 중요한 도구 과목인 영어를 실용 영어 중심으로 운영하고 있다. 영어를 포함한 어학이 중요한 것은 전공 학문의 연구에 필요하기 때문이지 외국인과의 의사소통 때문이 아니다. 더구나 현재의 교과 과정으로는 그나마 의사소통의 목적이나마 달성할지도 의문이다. 도대체 대학에서 모든 학생들에게 영어회화 공부를 시키는 것이 학부제와 무슨 상관이 있는지 모르겠다.

2학년부터 전공을 선택케 한 것도 학부제의 취지에 어긋난 처사이다. 그것마저도 학업 성적에 따라 강제 배정한다는 것은 있을 수 없는 일이다. 우리는 실험대학 제도의 참담한 실패를 잊어서는 안 된다.

많은 진통이 따르겠지만 학부제의 틀을 다시 짜야 한다. 먼저 각 대학에서 실정에 맞는 학부군學部群을 정하고 각 학부의 특성에 맞는 교과 과정을 새로 마련하여 교수들을 이에 맞게 재배치해야 한다. 그리고 원칙적으로 학부에서는 학과나 전공의 구분이 없어야 하며, 꼭 필요하다면 학생의 완전 자율에 맡겨야 한다. 현재와 같은 파행적인 학부제는 학부제 이전의 상황보다 훨씬 못하다.

(1996)

시장 교육

　내가 교단에 서서 학생들을 가르치는 일에 종사한 지도 33년이 지나갔다. 그동안 많은 것이 변했고 그것도 무서운 속도로 변했다. 현기증이 날 정도로 빠르게 변하고 있는 교육 현장에서 내가 느끼는 감회는 착잡하기 짝이 없다. 이 착잡한 감회 속에는 변화에 대한 못마땅한 감정이 분명히 스며 있다. 그러나 변화를 거역할 수 없다는 사실 또한 나는 분명히 인식하고 있다. 또한 변화를 거부하는 것이 반드시 옳다고 생각하지도 않는다.

　그런데 이 모든 변화 중에서 한 가지만은 결코 받아들이고 싶지 않다. 바로 '수요자 중심의 교육'이란 것이다. 언제부터인지 교육계에는 수요자 중심의 교육이란 용어가 유행병처럼 번지고 있다. '교육 수요자' '교육 공급자'와 같은 용어도 자연스럽게 사용되고 있다.

수요와 공급이란 용어는 경제학에서 주로 사용하는 용어이다. 수요자는 소비자이고 공급자는 생산자이다. 시장경제는 이 수요와 공급의 법칙에 의하여 이루어진다. 수요가 없으면 공급이 중단될 수밖에 없다. 고무신을 신는 소비자가 없으면 고무신을 공급하는 생산자는 생산을 중단할 수밖에 없다. 그러므로 생산자는 경제적 이윤을 추구하기 위하여 소비자를 왕으로 모셔야 한다. 이것이 시장경제의 논리이다. 이 시장경제의 논리를 교육에 도입한 결과 생긴 것이 수요자 중심의 교육이다. 즉 교육 공급자인 교사는 교육 수요자인 학생을 왕으로 모셔야 한다는 것이다. 물론 교사가 가르치는 대상이 학생이기 때문에 교육은 마땅히 교사 중심이 되어서는 안 되고 학생 중심이 되어야 한다. 그러나 '학생 중심의 교육'과 '소비자 중심의 교육'은 엄연히 다르다. 학생 중심의 교육은, 학생을 바르게 가르쳐서 훌륭한 인격체가 되도록 교육하는 데에 중점이 두어지는 반면에, 수요자 중심의 교육이란 용어에는 경제적 이윤 추구의 혐의가 짙게 배어 있다. 여기에는 지식이라는 상품을 사고 판다는 음험한 경제 논리가 숨어 있다. 지식을 팔고 사는 일은 있을 수 있다. 그러나 교육 현장에서만큼은 지식이 매매의 대상이 되어서는 안 된다. 더구나 교육은 단순히 지식만을 전수하는 것이 아니다.

수요자 중심 교육의 결정판이 현행 학부제이다. 학과라는 울타리가 학생을 볼모로 잡고 있는 기존의 학과제는 수요자 중심이 아니라

는 것이다. 그래서 만들어진 학부제의 취지를 인정하면서도 여기에
는 허다한 문제점이 있음을 지적하지 않을 수 없다. 수요자 중심으
로 전공을 선택케 한 결과 기초 학문 분야가 고사枯死할 위기에 처해
있다. 또한 학부제에서는 필수 과목을 폐지하도록 강요하고 있는데,
이것도 수요자가 싫어할지도 모르는 과목을 필수라는 이름으로 강
요해서는 안 된다는 논리에서 나온 것이다. 그 결과 '성性과 철학'
'문학과 영화' 같은 과목만이 폭발적인 인기를 누리고 있다. 학교가
시장이 된 것이다. 사람을 현혹시키는 광고와 화려한 포장으로 소비
자를 유혹하는 장사꾼과 다를 바가 없다.

어느 대학에서는 소비자가 없어서 공급을 중단한 과목이 수백 개
에 이른다고 한다. 또 어느 대학에서는 역시 소비자가 외면한다는
이유로 철학과, 수학과를 폐과廢科했다고 한다. 이것이 현행 학부제
의 실상이다. 나는 이러한 교육을 '시장 교육市場敎育'이라 부르고자
한다. 이 시장 교육이 학교를 시장으로 만들고 교사를 장사꾼으로
내몰고 있다. 실제로 '교육 시장'이란 말까지 공공연히 통용되고 있
는 현실이다.

그러나 우리는 알아야 한다, 아무리 수요자가 배우기 싫어해도 교
육에는 종아리를 때려서라도 꼭 가르쳐야 할 부분이 있다는 것을.

(2001)

한문 교육과 민족 문화

　제6차 교육과정 개정 시안에 의하면 현행 중학교의 한문 과목을 폐지하고 그 대신 국어 과목에서 한문이 아닌 한자를 가르치게 하며, 고등학교에서는 한문을 선택 과목으로 격하시킨다고 한다. 이렇게 개정하는 이유를 교육과정 연구위원에서는, "21세기적 사회와 개인의 삶에 적합하고 타당한 교육과정"을 마련하기 위한 것이라 발표했다. 더 구체적으로는 국제화, 개방화 시대에 대비한 세계 시민 교육을 지향하기 때문이라고 했다. 물론 급변하는 세계 정세에 대응하기 위해서는 그에 따르는 적절한 교육과정의 개정이 필요할 것이다.

　그러나 조금만 깊이 생각한다면 한문 교과의 폐지·축소가 얼마나 무모한 일인가를 알 수 있을 것이다. 국제화, 개방화가 진행되면 될수록 우리는 주체적 기반을 굳건히 지켜야 한다. 민족적 주체성의 기반 없이 국제화의 조류에 휩쓸리게 되면 이 나라의 젊은이들이 정신적 무국적자無國籍者가 되지 않으리라는 보장이 없다. 지금 거리에 나서면 이 나라가 어느 나라인지 모를 정도로 외국 문화가 우리의 정신 기반을 갉아먹고 있다. 이러한 위기에 대처하기 위해서는 우리의 문화 전통을 창조적으로 계승하여 발전시켜야 한다.

어느 민족이건 그 민족 특유의 전통 문화를 가지고 있다. 한 민족의 전통 문화는 그 민족의 개성이라고 말할 수 있다. 사람도 저마다 각자의 개성을 지니고 있고, 그 개성이 존중되어야 하듯이, 각 민족의 문화도 개성을 잃지 않는 범위에서 다른 민족의 문화를 흡수하여 발전시켜 나가야 한다.

한문 교과는 민족 문화의 계승 · 발전에 중요한 몫을 담당하고 있다. 지금 우리는 유형, 무형의 민족 문화 유산을 방대하게 상속받고 있다. 이 중에서 가장 중요한 것은 우리 선조들의 정신 활동의 결정체라 할 수 있는 각종 전적典籍들이다. 이들 전적은 대부분 한문으로 기록되어 있는데, 싫든 좋든 이 기록들은 오늘의 우리나라를 만들어 온 우리 정신사의 뚜렷한 자취임에 틀림없다. 『목민심서牧民心書』가 그렇고 『삼국유사三國遺事』가 그렇다. 또한 『조선왕조실록朝鮮王朝實錄』이 그렇고 『동의보감東醫寶鑑』이 그렇다. 이 저술들은 비록 한문으로 기록되어 있기는 하지만 중국이 아닌 우리나라의 자랑스러운 문화 유산이다. 한문 교과는 이러한 문화 유산들을 발굴하고 번역하고 정리하고 연구하는 데에 필수적인 과목이다. 실제로 한국사는 물론이고 한국교육사, 한국문학사, 한국철학사, 한국정치학사, 한국법제사, 한국과학사, 한국행정학사 등등의 체계적인 연구는 한문에 대한 이해를 그 선결 조건으로 한다.

말하자면 한문은 한국학과 동양학에 관련된 모든 학문 분야에 공통되는 기초 도구 과목이다. 그러므로 대학에서 각자의 전공에 따라 공부하려면 중·고등학교에서의 일정한 기초가 있어야 한다. 이것은 수학의 경우와 마찬가지이다. 수학은 모든 자연과학 분야의 기초 도구 과목이다. 대학에서 물리학을 공부하든 생물학을 공부하든 수학적 기초 없이는 불가능하기 때문에 중·고등학교에서 수학을 필수적으로 배우는 것이다. 대학에서 수학을 전공하든 안 하든 수학을 배워야 하는 것과 마찬가지로, 대학에서의 한문학 전공 여부에 관계없이 한문의 기초가 필요하다. 만일 중학교에서 한문 과목을 폐지하고 고등학교에서도 실질적인 폐지와 다름없는 현재의 개정안이 그대로 실시된다면 150여만 책에 달하는 우리의 고전古典은 휴지로 변할 것이며, 언젠가는 우리가 서구의 문화적 식민지로 전락하고 말 것이다.

제6차 교육과정 개정 시안을 작성한 사람들은 주로 미국에서 교육학을 공부한 인사들로 구성되어 있다. 이들은 미국적 실용주의를 기준으로 하여 우리 교육을 재단하려 하고 있다. 이것은, 이들이 한문 교육을 폐지하려는 이유로 "실용성의 제고와 효율성의 증대"를 들고 있는 점을 보아도 알 수 있다. 미국적 사고방식에 의하면 한문 교육은 분명히 실용성과 효율성이 떨어진다고 말할 수 있을는지 모른다. 그러나 교육을 실용성과 효율성의 잣대로만 잴 수는 없는 일이다. 적어도 중·고등학교 과정까지의 교육은 당위성의 기준에 의하여 실시되어야 한다. 다소 실용성이 적더라도 가르쳐야 할 것은 가르쳐야 한다. 실용성과 효율성만을 따진다면 수학이나 화학 같은 과목도 필요 없을 것이다. 실생활에서 물건을 사고 팔 때의 계산이나 할 줄 알면 실용성의 목적은 달성되기 때문이다.

중학교의 한문 과목을 폐지하면서 초등학교에서 영어를 가르치게 하겠다는 발상은 미국적 실용주의의 극치라 할 수 있다. 초등학교 학생들은 아직 자주적 판단을 하기 어려운 단계에 있다. 이런 어린 학생들에게, 우리 선조들의 숨결과 얼이 스며 있는 고전을 읽히지 않고 영어를 가르친다면 그 결과가 어떻게 되겠는가? 생활 습관이나 행동거지, 나아가 입맛까지도 미국식으로 닮아 가는 것이 요즘 젊은이들의 실태인데 앞으로는 사고방식마저도 미국화되고 말 것이다.

결론적으로 말해서 주체적인 민족 교육, 가치 지향적인 전인全人 교육을 위해서 한문 과목은 절대로 폐지되어서는 안 된다.

(1991)

대학 신문의 역할과 기능

성대신문이 지령 1,200호를 맞이함을 진심으로 축하한다. 성대신 문이 면면히 1,200호를 이어왔다는 사실 자체만으로도 축하할 일이 지만, 오늘의 축하는 단순한 생존 이상의 의미를 지니고 있다. 돌이 켜보면 한국의 대학 신문은 '대학의 신문'이라는 공간적 성격을 벗 어나 보다 넓고 보다 높은 역할을 수행해 왔다. 그것은 결코 순탄했 다고 말할 수 없는 한국 현대사의 어쩔 수 없는 반영일 것이다. 그리 고 또한 그것은, 대학의 지성들이 어려운 시대에도 신념과 용기를 잃지 않았음을 의미한다. 특히 저 어둡고 길었던 군사 정권 시절에 기존의 일간지보다 대학 신문을 통하여 사회의 진실을 더 정확히 읽 을 수 있었다는 사실만으로도 대학 신문의 역할이 어떠했는가를 짐 작할 수 있다.

성대신문은 어느 대학 신문보다 앞장서서 이러한 역할을 수행해 왔다. 사실상 지금까지 발행된 성대신문 1,200호의 내용을 간추리면 그대로 성균관대학교의 교사校史가 될 뿐만 아니라 한국 현대사의 중요한 기록이 되기에 족하다. 성대신문의 지령 1,200호를 진심으로 축하하는 소이所以가 여기에 있는 것이다.

이러한 잔치 마당에 다소 어울리지 않는 말일지 모르지만 성대신문의 발전을 위하여 한마디 해 두고자 한다. 그것은 다름아니라 대학 신문은 대학 신문다워야 한다는 점이다. 대학생이 아니면 가질 수 없는 패기와 용기를 가지고 대학을 포함한 사회 전반의 진실을 밝히되 언제나 아카데믹한 기조를 잃지 않아야 한다. 일간지에서 흔히 볼 수 있는 천박하고 무책임한 기사는 단 한 줄이라도 실려서는 안 된다. 그리고 이제는 일간지에 게재된 기사의 어설픈 재탕보다는 대학 구성원 전체의 공통의 이익과 관심사에 더 큰 배려를 해야 할 것이다.

성대신문이 일차적으로 관심을 가져야 할 대상은 성균관대학교의 문제이고 그 다음이 대학 일반의 문제이다. 이를 바탕으로 대 사회적인 문제에 접근하는 것이 대학 신문다운 성대신문의 길일 것이다. 그리하여 작지만 알찬 신문, 서툴지만 꾸밈없는 신문이 되어 주기를 바란다.

(1997)

제4부 아름다운 삶

아름다운 삶, 최선을 다하는 삶

1

나에게는 아들이 둘 있다. 이 아이들이 이 세상에 태어났을 때 그것은 환희요 축복이었다. 딸을 두지 못한 것이 서운하긴 했지만 그런 대로 두 아이는 건강하게 자라면서 나를 기쁘게 해 주었다. 아이들이 탈없이 자라는 것을 보고 기쁨을 느끼는 것은 이 세상 모든 부모들의 공통점일 것이다. 그런데 초등학교를 졸업하고 중학교에 진학하면서 점차 아이들에게서 누리는 기쁨의 농도가 묽어지기 시작했다.

큰놈은 걱정을 하지 않아도 될 만큼 학교 생활을 꾸려나가는데, 작은놈의 학업 성적이 자꾸만 떨어졌다. 성적이 절대적인 것은 아니지만 일단 걱정을 하지 않을 수 없었다. 후에 자세한 관찰을 통해서 알게 되었지만 작은놈은 원래 두뇌 회전이 빠른 편이 아니었다. 자기는 최선을 다하여 노력하는데도 기대한 만큼의 성과가 나오지 않는 것이다. 그래서 이것은 어쩔 수 없는 일이라는 생각이 들었다.

사람은 제각기 다르게 태어난다. 외적인 생김새만 하더라도 키가 큰 사람도 있고 작은 사람도 있으며, 피부가 흰 사람도 있고 검은 사람도 있다. 눈이 큰 사람도 있고 작은 사람도 있으며, 손가락이 긴 사람도 있고 짧은 사람도 있다. 사람의 능력도 천차만별이다. 노래는 잘 부르지만 수학을 못하는 사람도 있고, 영어는 잘 하지만 그림을 잘 못 그리는 사람도 있다. 또 언어 감각은 뛰어나지만 자연과학적 분석력이 모자라는 사람도 있고, 운동경기에는 탁월한 재능을 가졌지만 글쓰는 재능이 부족한 사람도 있다. 이와 같은 부분적 능력은 후천적인 노력에 의하여 어느 정도 교정될 수 있기는 하다. 그러나 날 때부터 운동 감각이 둔한 사람을 황영조나 박찬호 같은 선수로 만들 수는 없을 것이다. 또 그렇게 할 필요도 없다. 사람은 각기 자기가 가진 재능을 최대한 발휘하면 되기 때문이다.

사람의 성격도 사람마다 다르다. 유난히 무서움을 많이 타는 사람도 있고 지나치게 수줍어하는 사람도 있으며 걸핏하면 눈물을 흘리는 사람도 있다. 이렇게 이 지구상의 사람들은 다양한 모습을 지니고 있다. 다양한 모습을 지니고 있기 때문에 인간 세상이 조화롭게 유지된다고 말할 수 있다. 생각해 보라! 모든 사람들이 다 수학 박사이고 이 세상의 모든 여자들이 다 양귀비 같은 미인이라면 무슨 재미가 있겠는가. 단조롭고 삭막하기만 할 것이다.

인간의 총체적인 능력도 다를 수밖에 없다는 것을 나는 둘째 자식놈을 보고 알았다. 그 전까지 나는 수십 년간 교단에서 학생들을 가르치면서 공부 못하는 학생들을 꾸짖어 왔다. 때로는 미워하기까지 했다. 저 학생은 왜 저렇게도 공부를 못할까? 도저히 이해를 할 수 없었다. 나의 이 오만한 태도를 바꾸게 해 준 것이 둘째 자식놈이었다. 둘째 놈은 나름대로 노력을 하는데도 한계가 있었다. 말하자면 총체적인 능력이 부족한 것이다. 둘째 놈은 초등학교부터 고등학교를 졸업할 때까지 12년 개근을 했다. 이만하면 최선을 다했다고 할 만하다. 그래서 공부 못하는 둘째 놈을 야단치지도 않고 구박하지도 않았다. 이 아이가 대학 입학 시험을 치를 무렵에 나는 중국의 북경사범대학에 연구교수로 가 있었는데, 서울의 아내로부터 수도권의 전문대학에 합격했다는 전화를 받았다. 내 생애에 이때보다 더 기쁜 적이 없었다. 다른 집 자식이 서울대학교에 합격한 것보다 더 기뻤다. 자신에게 주어진 능력의 한계 내에서 최선을 다한 것이 아름답게 보였기 때문이었다.

최선을 다하는 모습은 언제나 아름다운 것이다. 능력이 있는데도 최선을 다하지 않아서 뒤떨어지는 사람은 결코 아름답게 보이지 않는다. 이런 사람은 자기의 재주를 믿고 요령을 피우거나 게으른 사람이다. 이런 사람은 꾸짖어야 한다. 꾸짖어도 안 되면 미워해도 좋을 사람이다. 사람이 살아가는 데에 최선을 다하는 것보다 더 아름다운 것이 없다. 최선을 다하는 것은 성실하게 산다는 말에 다름 아니다.

나는 일본 음식점의 요리사를 볼 때마다 야릇한 감동을 받는다. 손님들이 바라볼 수 있는 카운터에서 높다란 고깔 모자를 쓰고 쉬지 않고 일을 한다. 무를 얇게 도려내기도 하고 생선을 정성스럽게 뜨기도 하며 잠시도 쉬지 않고 손을 놀린다. 접시에 담긴 요리를 손님들에게 내보내고, 다시 밥을 주물러 생선 초밥을 만들고, 끓고 있는 매운탕에 갖가지 조미를 하느라 끊임없이 손을 움직인다. 이 요리사의 표정은 즐거움 그 자체이다. 요리를 하는 동안, 자기가 만든 음식을 손님들이 맛있게 먹을 수 있도록 하겠다는 일념 이외에 다른 생각은 없는 듯이 보였다. 자기가 하고 있는 일에 관한 한 최선을 다하고 있는 모습이었다. 그래서 나에게는 이들이 말할 수 없이 아름답게 보였다.

이들을 보고 나는 부질없는 공상을 해 본 적이 있다. 내가 만일 대학교수가 아니고 다른 직업을 선택해야 한다면 어떤 일을 하는 것이 좋을까? 제일 먼저 떠오르는 것이 요리사였다. 성실하게 최선을 다하는 모습이 그토록 아름답게 보였기 때문일 것이다. 그러나 이것은 어디까지나 공상일 뿐이다. 내가 지금 당장 교수직을 버리고 요리사가 되고 싶다는 말이 아니다. 다만 나는 둘째 자식놈에게 요리사가 될 것을 넌지시 권유해 보았을 뿐이다. 그때 만일 자식놈이 요리사가 되겠다고 했다면 기꺼이 뒤를 밀어주었을 것이다.

2

나는 해마다 신입생들에게 당부하는 말이 있다. 첫째는 열심히 공부하라는 것이고, 둘째는 아름답게 연애하라는 것이고, 셋째는 멋있는 풍류를 지니라는 것이다. 대학은 기본적으로 학문을 연마하는 곳이기 때문에 일차적으로 해야 할 일은 공부이다. 그것도 전공 공부를 열심히 해야 한다. 자기가 어느 대학의 어느 학과에 소속되어 있든지간에 소속된 학과의 전공 공부에 전력을 투입해야 한다. 이 전공은 꼬리표처럼 평생 달고 다녀야 한다. 이 꼬리표는 아무리 떼어내려고 해도 떨어지지 않는다. 대학을 졸업한 후 어떤 직장에서 어떤 일을 하더라도 그에게는 무엇을 전공했다는 꼬리표가 붙어 있다. 이 꼬리표는 그의 직장 생활, 사회 생활을 일정한 정도로 구속한다. 그러므로 대학 생활을 하는 동안 전공 공부에 최선을 다해야 한다. 어차피 주어진 여건이라면 그 주어진 여건에서 최선을 다하는 것이 가장 바람직하고 아름다운 모습이다.

둘째로 해야 할 일은 일생의 반려자가 될 배필을 찾는 것이다. 대학 시절에는 이 배필을 찾을 가능성이 무한히 열려 있다. 또 상당한 기간을 두고 상대방의 인품과 성격 등을 관찰할 수가 있다. 대학을 졸업하고 나면 이런 기회가 현저히 줄어든다. 그저 중매에 의존할 수밖에 없다. 일생을 함께 살아갈 반려자를 중매쟁이에 맡길 수는 없지 않은가! 아예 독신주의를 표방한다면 별 문제지만 그렇지 않으면 대학 시절에 아름다운 연애를 통해서 짝을 찾는 것이 현명한 방법이다. 연애를 할 때에도 최선을 다해야 한다. 최선을 다하지 않으면, 정말 자기에게 필요한 사람, 평생을 함께 살아도 좋을 사람을 찾기 어렵다. 결혼이 인생에서 얼마나 중요한 일인가를 생각하면 최선을 다하지 않을 수 없을 것이다.

세번째로 중요한 일은 멋있게 사는 것이다. 어떻게 사는 것이 멋있는 삶인가에 대한 견해는 사람마다 다를 것이다. 자신의 개성에 맞게 각자 자신만의 멋을 가꾸어 나가야 할 것이다. 비유하자면 멋은 음식의 맛과 같다. 식탁에 차려진 음식이 아무리 풍성하고 값비싼 것이라 해도 맛이 없으면 사람들로부터 외면당한다. 마찬가지로 아무리 공부를 잘하고 돈을 많이 가졌더라도 멋이 없으면 그 사람의 삶은 초라해지고 만다. 맛있는 음식은 음식 만드는 사람의 정성에 달려 있다. 최선을 다해서 정성껏 만들면 그 음식은 맛이 있게 마련이다. 일본 음식점의 요리사처럼, 즐거운 마음으로 오직 손님만을 위한다는 자세로 최선을 다할 때 음식은 맛이 없을 수 없을 것이다. 그러므로 맛있고 멋있는 삶도 결국 최선을 다하는 데에서 나오는 것이다. 큰 호텔의 값비싼 음식보다 조그마한 음식점의 된장찌개가 더 맛있을 수 있듯이 거대한 기업체의 재벌 총수보다 평범한 시민이 더 멋있을 수 있고, 일류 대학을 졸업한 공부 잘하는 사람보다 조금 못한 대학을 졸업한 사람이 더 멋있을 수 있다는 것이 나의 확고한 신념이다.

(2000)

느리게 살기

1

세상이 빠르게 변하고 있다. 너무나 빠른 속도로 변해서 현기증이
날 지경이다. 젊은 세대도 아니고 그렇다고 아주 늙은 세대도 아닌
어중간하게 '낀 세대'에 속하는 나에게는 정말 이 변화를 따라가기
힘들다. 우리의 일상생활에서 직접적으로 느끼는 변화의 대표적인
물건이 자동차와 휴대폰과 컴퓨터일 터인데, 나는 자동차 운전도 할
줄 모르고 그 흔한 휴대폰도 없으며 컴퓨터 조작도 서툴기 짝이 없
다. 게다가 아직도 담배를 피우고 있으며 술 마시기를 좋아한다. 이
러니 빠른 변화를 좇아가지 못할 것은 뻔한 일이다. 어떻게 보면 석
기시대의 인간이라 할 만하다.

이 중에서 나를 가장 당혹스럽게 하는 것이 컴퓨터이다. 내가 다니는 학교에서는 몇 년 전부터 교수들에게 보내 주던 문서로 된 공문을 보내지 않는다. 뿐만 아니라 달마다 보내 주던 월급 명세서도 보내지 않는다. 필요한 사람은 컴퓨터를 통해서 확인하라는 것이다. 그래서 처음 몇 달 동안은 학교 돌아가는 사정도 몰랐고, 정해진 기일 내에 제출하라는 학교의 지시 사항도 까맣게 모르고 지나기가 일쑤였다. 또한 은행 통장에 입금된 월급 총액만 알 수 있을 뿐 구체적인 지급 내역과 공제된 금액도 알 수 없었다. 이에 위기 의식을 느낀 나는 조교로부터 최소한의 조작법을 배웠다. 즉 기계적인 몇 번의 클릭만으로 나에게 필요한 몇 가지 정보를 얻을 수는 있도록 만들어 놓았다.

문제는 워드 프로세서이다. 강의하고 책 읽고 글쓰는 일이 나의 직업인데 나는 200자 원고지에 펜으로 글을 쓰는 데에 아무런 불편을 느끼지 않고 있다. 원고지를 앞에 놓고 담배를 한 대 피워 물고 글을 써내려 가다가 잘못된 대목이 있으면 줄을 그어서 고치고 고칠 부분이 많으면 아예 한 장을 찢어서 버리고 다시 쓴다. 이런 습관에 길들여져서 아무런 불편이 없는데도 컴퓨터 때문에 스트레스를 받는 것은, 원고를 청탁하는 쪽에서 디스켓을 요구하기 때문이다. 처음에는 이 요구를 거절했다. 나는 원고지밖에 사용할 줄 모르니 원고지에 쓰는 글이 아니면 청탁에 응할 수 없노라고 '당당히' 선언하면 대개 청탁하는 쪽에서 양보하곤 했다. 그러나 대세를 거스를 수 없어서 지금은 내 원고를 조교에게 주고 워드로 치게 해서 보내는 형편이다. 이것도 하루 이틀이지 허구한 날 조교에게 부탁할 수도 없는 노릇이다. 조교는 또 무슨 죄로 선생 원고만 쳐야 하는가!

2

그래서 나도 이제는 한글 타자를 배워야겠다고 생각은 하지만 아직 썩 내키는 일은 아니다. 물론 워드로 글을 쓰면 훨씬 빠를 것이다. 그리고 이-메일로 송고送稿하면 또 훨씬 빠르게 일이 처리될 것이다. 그러나 글은 원고지에 펜으로 써야 한다는 고정관념이 아직도 내 머릿속에 완강히 버티고 있다. 조금 덜 빠르고 조금 덜 편리하면 어떤가? 요즈음 사람들의 생활을 보면 마치 속도 전쟁을 치르는 것 같다. 그리고 이 속도 전쟁은 기계에 의하여 진행된다. 속도전에서 살아 남기 위하여 사람들은 점점 더 기계에 의존하게 된다. 이러다가는 사람이 기계의 노예가 될지도 모른다는 생각이 든다. 자가용차가 없으면 외출할 수 없다고 생각하는 사람들이 있는데 이들은 벌써 반쯤 자동차의 노예가 된 사람들이다. 휴대폰을 신주단지처럼 모시고 다니는 중·고등학교 학생들도 어린 나이에 이미 휴대폰이라는 기계의 노예로 전락하고 있다. 이 아이들은 잠시도 휴대폰을 떠나면 안 될 것처럼 보인다.

아무리 속도가 필요한 현대 사회라지만 속도만 중요한 것이 아니다. 기계로 글을 쓰면 펜으로 글을 쓰는 것보다 훨씬 빠르기는 하지만 글의 질이 달라진다. 기계로 쓴 글에는 기계 냄새가 나고 펜으로 쓴 글에는 사람 냄새가 나기 마련이다. 요즈음 대학에서는 이른바 '사이버 강의'를 권장하고 있다. 서울에 있는 A대학의 학생이 대구에 있는 B대학 교수의 강의를 신청해서 한 학기 동안 컴퓨터 화면을 통해서 강의를 듣고 학점을 딴다는 것이 사이버 강의의 한 형태이다. 더 나아가 앞으로는 교실과 흑판과 백묵이 없는 교육 환경을 만들겠다는 것이다. 이 무슨 해괴한 발상인가? 나의 경험으로는 강의 시간에 학생들의 표정과 반응에 따라서 강의의 내용이 그때그때 달라진다. 단순한 지식의 전달이 아니라 인격과 인격이 부딪쳐서 내는 울림이 교육의 가장 중요한 요소인데, 아무리 정교하게 만들어진 컴퓨터도 이를 대신하지는 못한다.

컴퓨터 이야기가 나왔으니 말인데, '정보화만이 살길이다'라는 구호를 내걸고 컴퓨터 보급에 앞장서고 있는 정부 당국은 컴퓨터의 폐해에 대해서도 한번쯤 생각해 보기 바란다. 모든 걸 컴퓨터에 의존하는 정도가 심해질수록 특히 어린 학생들의 경우에는 인간의 기본적인 사고 양식이 바뀌진다. 요즈음 학생들은 깊이 생각하고 논리적으로 사고하는 것을 싫어한다. 매사가 즉흥적이고 충동적이다. 이것은, 클릭하면 금방 화면에 나타나는 컴퓨터식 사고 유형이다. 기다릴 줄 알고 참을 줄 아는 것도 인간이 지닌 미덕 중의 하나인데, 컴퓨터에 길들여진 어린 학생들에게 참고 기다리는 것은 이미 미덕이 아니다. 이들에게는 오직 빠른 속도만이 추구해야 할 미덕이 되어 가고 있다. 이 무한 속도전에서는 속도 그 자체가 목적이기 때문이다. 이렇게 속도 경쟁을 하다가 자칫 과속으로 인한 사고가 날까 두렵다. 아니 이미 크고 작은 사고가 일어나고 있다.

3

　빠른 속도전은 우리의 음식 문화에도 일어나고 있다. 이른바 패스트푸드가 그것이다. 맥도널드 햄버거로 대표되는 패스트푸드가 세계인의 입맛을 평준화시키고 있다. 우리나라도 예외가 아니다. 음식을 정성껏 만들어서 먹는 일이 젊은 사람들에게는 더 이상의 의미가 없어지고 있다. 재료를 사서 다듬고 조리를 해서 먹으려면 참고 기다려야 하는데, 참고 기다리는 일이 젊은 사람들에게는 말할 수 없이 지루한 것이다. 이미 만들어진 음식을 사서 먹으면 빠르고 편리하다. 그래서 햄버거 이외에도 패스트푸드는 날로 그 종류가 증가하고 있다. 시중에 나와 있는 인스턴트 식품이 모두 이런 것들이다. 된장, 간장, 고추장, 김치는 이미 일반화되어 있고 심지어 인스턴트 밥까지 시판하는 형편이다.

빠르고 편리함을 앞세운 패스트푸드가 영양학적으로 좋지 않다는 것은 말할 필요도 없고, 이것이 우리의 입맛을 바꾸고 고유한 음식 문화를 파괴한다는 데에 문제의 심각성이 있다. 우리나라 어린이들 중에는 김치와 된장을 먹지 않는 어린이가 많다고 한다. 냄새가 난다는 것이 그 이유이다. 굳이 신토불이身土不二를 들먹이지 않더라도 이건 분명히 잘못된 일이다. 그 영양학적 우수성으로 인하여 이미 세계적인 식품으로 자리잡은 김치를 정작 김치의 종주국 어린이들이 먹지 않는다는 것이다. 어디 김치뿐이랴. 우리 집 마당에 감나무를 두 그루 심었는데 해마다 가을이면 감이 주렁주렁 열린다. 나는 마당 구석에 커다란 옹기 단지를 갖다 놓고 덜 익은 감과 볏짚을 한 켜씩 차곡차곡 단지 안에 쌓아 둔다. 그러면 겨울 내내 단지 안에서 감이 익어 홍시가 된다. 추운 겨울날 꽝꽝 언 감을 꺼내 적당히 녹이면 이 세상 어디에도 없는 훌륭한 감 아이스크림이 된다. 더 녹이면 말랑말랑한 연시가 된다. 내 입에는 이 감이 무엇과도 바꿀 수 없이 맛있는데 집의 아이들은 잘 먹지 않는다. 이보다 더 자극적인 패스트푸드의 맛에 길들여졌기 때문일 것이다. 이미 서양에서는 패스트푸드에 반대하는 '슬로우푸드' 운동을 벌이고 있다고 한다. 우리는 이것을 타산지석他山之石으로 삼아야 할 것이다.

　내 나이가 60의 문턱에 선 탓일까? 이제는 나를 포함한 모든 사람들이 조금은 느리게 살았으면 좋겠다. 늘 무엇에 쫓기듯 살지 말고 느긋한 여유를 가지고 살아갈 수 있다면 얼마나 좋을까? 친구들과 술 한잔 마시더라도 푸근하고 넉넉하게 마실 수 있다면 그것이 인간다운 삶일 것이다. 하기는 그런 마음만 가진다고 되는 일은 아니지만 말이다.

(2002)

사람 냄새 짙었던 세시풍속

우리나라의 명절 가운데 가장 큰 것이 설과 추석이다. 중국 사람들은 단오절도 설·추석 못지 않은 명절로 친다. 날씨가 더운 남쪽 지방에서는 특히 단오절을 중요시하는데, 대만에서는 지금도 단오절을 공휴일로 지정하고 있다. 이것은 아마도 음력 5월이 매우 무더워서 각종 전염병이 창궐하기 쉽기 때문에 질병으로부터 오는 재앙을 미리 대비한다는 뜻에서 유래되었을 것이다. 그래서 옛 중국 사람들은 5월을 '오월惡月' 즉 '미운 달'이라 하여 매우 싫어했는데, '五'와 '惡'의 음이 같은 데에서 나온 말이다.

단오절인 5월 5일은 특히 불길한 날로 여겨서 이날 태어나는 아기를 모두 버리고 기르지 않았다는 지방도 있다. 우리나라와 같은 기후에서 단오절이 명절 대접을 받지 못하는 것은 당연한 일이다.

기껏해야 여자들이 창포물에 머리를 감는 정도였으나 지금은 창포도 샴푸에 자리를 내어주고 말았다.

뭐니뭐니 해도 우리나라 최대의 명절은 설날이다. 송구영신送舊迎新이란 말이 가리키는 바와 같이 묵은해를 보내고 새해를 맞이하는 일보다 더 큰 일이 있을 수 없다. 설날이란 이렇게 엄숙하고 뜻깊은 날이지만 나의 기억 속에 남아 있는 설날은 '먹을 것이 많은 날'이었고 그래서 즐거운 날이었다. 나의 어린 시절은 너나 없이 모두 가난한 때였다. 내가 태어난 해가 1943년이었으니 해방 전후의 혹독한 가난은 모르고 지냈다 하더라도 6·25를 겪으면서 당한 시련은 참으로 커다란 고통이었다. 그때는 대부분의 사람들이 가난을 숙명처럼 받아들였다. 가난하기 때문에 받는 가장 큰 고통은 배고픈 것이었다. 보리가 반 이상 섞인 밥에다 김치, 된장, 간장과 몇 가지 나물 반찬이 상차림의 전부였다. 어쩌다 김이라도 놓이면 어른들 눈치 보느라 한두 장 얻어먹기가 여간 어려운 일이 아니었다. 소금에 절여 소태같이 짠 고등어 살점을 맛보는 날은 운이 좋은 날이었다.

보리 섞인 밥이나마 매끼니 먹을 수 있는 것이 아니었다. 아침밥을 제외한 점심, 저녁은 국수나 수제비 또는 멀건 콩죽이 단골 먹거리였다. 삶은 고구마로 끼니를 때운 적도 있었다. 그때는 정말이지 고깃국에다 하얀 쌀밥을 실컷 먹어 보는 것이 평생의 소원이었다. 그래서 지금도 가끔 "국수 먹고 싶다"고 하면, 어머니는 "밥이 있는

데 왜 국수를 먹느냐?" 하며 못마땅한 표정을 지으신다. 아마 가난했던 시절에 국수로 배를 채우던 쓰라린 기억이 가슴에 사무쳤기 때문일 것이다.

그러니 일 년 중에서 제일 기다려지는 날이 제삿날과 명절날이었다. 이날은 먹을 것이 많기 때문이다. 특히 설날에는 먹을 것이 주위에 널려 있었다. 김이 모락모락 나는 흰 가래떡을 참기름 친 간장에 찍어 먹기도 하고, 콩강정, 깨강정, 유과를 네모 반듯하게 자르고 난 부스러기만 얻어먹어도 배가 불렀다. 지글지글 전 부치는 소리와 떡치는 소리를 들으면 저절로 신명이 났다. 할아버지가 벽장 속에 감추어 두신 곶감을 넉넉하게 맛볼 수 있는 날도 바로 이날이었다.

군것질 거리가 많지 않았던 그 시절에 가장 달고 맛있는 것이 감과 엿이었다. 나는 지금 살고 있는 조그마한 집을 마련했을 때, 넓지 않은 마당에 가장 먼저 감나무와 대추나무를 심었다. 어릴 때 먹던 그 맛을 잊지 못해서였다. 봄에 싹이 나서 꽃이 피고 가을에 열매가 맺히는 자연의 신비를 바라보는 즐거움도 즐거움이려니와 그것을 따서 먹는 재미는 그 무엇에도 비길 수 없다. 올해에도 감 대여섯 접을 따서 마당가 장독 속에 넣어 두고 겨울 내내 꺼내 먹을 참이다. 그런데 집의 아이들은 집에서 수확한 감, 대추, 살구 등을 별로 좋아하지 않는다. 맛있게 먹는 나를 보고, "그런 걸 왜 먹느냐"는 눈치다. 하기야 감이나 대추보다 더 달고 더 맛있는 과자가 얼마든지 있으니 그렇게 여기는 것이 무리는 아니라고 생각하면서도 뭔가 찜찜한 기분을 떨쳐 버릴 수 없다. 6·25 직후, 단 것이 먹고 싶어서 가게에서 사카린을 사 가지고—그때에는 사카린을 봉지에 넣어 팔았다—손바닥에 쏟아 혀로 핥아먹었던 내 어린 시절과 비교하면 그야말로 격세지감隔世之感이 든다.

먹는 것 말고 기억에 남는 일은, 섣달 그믐날 밤의 수세守歲와 정월 초하룻날 밤의 신발 감추기이다. 섣달 그믐날 밤에는 집안 곳곳에 밤새도록 불을 밝혔다. 안방, 사랑방은 물론이고 부엌과 변소에까지 불을 켜 놓아 새해 맞을 준비를 했다. 그런데 이날 잠을 자면 눈썹이 센다고 했다. 어렸을 때는 이 말을 믿고 감기는 눈을 비비며 잠을 쫓으려 했지만 결국은 꾸벅꾸벅 졸다가 깊은 잠에 빠져들게 마련이다. 이튿날 일어나서 거울을 보면 정말로 눈썹이 하얗게 세어 있었다. 어른들이 눈썹에다 밀가루를 뿌린 것이었다. 철이 들어서는 그런 걸 믿지 않았지만, 고등학교 1학년 때의 그믐날에는 정말 자지 않고 밤을 새우면서 헤밍웨이의 『무기여 잘 있거라』를 독파했던 기억이 난다.

정월 초하룻날 밤에는 야광夜光 귀신이 인가에 내려와 아이들의 신을 신어 보고 발에 맞으면 신고 가 버린다는 얘기가 있었다. 그러면 신을 잃은 아이는 일 년 내내 불행한 일을 겪는다고 했다. 그래서 아이들은 신을 감추고 불을 끄고 잠을 잤다. 일 년에 한 번 설날에야

새 신을 신어 보는 것이 그 무렵의 실정이었다. 새 신이라야 검정색 헝겊으로 만든 보잘것없는 운동화였지만 아이들에게는 여간 소중한 물건이 아니었다. 평소에 검정 고무신만 신다가 가벼운 운동화가 생겼으니 애지중지할 만도 했을 것이다. 내 기억으로는 아버지로부터 운동화를 선물받은 날은 잠을 설칠 만큼 기뻤다. 며칠을 방 안에 모셔 두었다가 설날에야 처음 신어 보는 것인데 이것을 귀신이 신고 가 버린다면 그야말로 큰 일이 아닐 수 없다. 야광 귀신 이야기는 그토록 가난했던 시절과 딱 맞아떨어지는 풍속이었다. 요즈음 이런 이야기를 믿을 아이는 아무도 없을 것이다. "도둑 맞으면 또 사면 되지"라고 생각하는 아이들이 대부분일 것이다.

지금 생각해 보면 그래도 그 시절이 사람 냄새가 나는 때였다. 눈썹이 셀까 봐서, 새 신발을 도둑맞을까 봐서 마음 졸이며 맞는 제석 除夕과 원일元日이지만, 누구의 눈썹도 세지 않고 누구의 신발도 없어지지 않았던 즐거운 그 시절이 마냥 그립기만 하다.

(1997)

타쉬켄트의 동포들

　소련의 타쉬켄트에서 있었던 일이다. 그곳에 사는 교포의 안내로 개고기 집에 간 적이 있었다. 비위에 맞지 않는 소련 음식에 식상하기도 했지만 이역만리 먼 땅에서 개고기를 맛본다는 호기심이 앞섰기 때문이었다. 마침 음식점 주인도 우리 교포여서 들어서자마자 조용필, 최진희 등의 노래가 흘러나왔다. 들깨, 다진 양념, 마늘 등에 버무린 고기가 우리 입맛에 맞아 오랜만에 포식을 했다. 우리 일행이 다섯 명이고 그들은 여섯 명이었는데 그들이 가지고 온 보드카까지 곁들이며 여러 가지 이야기를 나누었다. 스탈린에 의하여 이곳으로 강제 이주했을 때 개고기를 먹는 그들을 소련인들은 야만시했다고 한다. 그러나 맛을 본 소련인들이 지금은 우리 동포들보다 더 좋아한다고 했다. 먼 이국 땅에서 기죽지 않고 우리의 전통 음식을 보급시킨 그들이 대견스러웠다.

그들에게 88담배를 선물하니까 감격해 하며 고국에서 만든 물건이라며 피우지 않고 보관하겠다고 했다. 또 퇴계학退溪學 국제학술회의에 참석한 우리들이 퇴계 선생을 설명하기 위하여 마침 가져간 천원권 지폐의 퇴계 선생 초상을 보여주고 기념으로 주겠다고 하자, 그 지폐를 액자에 넣어서 자녀들 교육용으로 삼겠다고 했다. 그들의 이러한 태도에서 나는 한 핏줄이라는 민족 의식을 확인하기에 앞서 순박한 인정의 따스함을 느꼈다.

그들은 음식값을 내려는 우리를 '결사적으로' 밀치고 자기들이 계산했다. 멀리서 온 손님들에 대한 예의가 그렇지 않다는 것이었다. 그러한 그들의 행동에는 조금의 가식도 없어 보였다. 그들은 우리를 진심으로 반기고 있었다. 그들이 우리를 반기는 것은 어떤 반대급부를 바라서가 아니었다. 반대급부를 바랄 만큼 그들은 가난하지가 않았다. 그들이 사는 농촌에는 다섯 집에 3대 꼴로 자가용 승용차를 가지고 있다고 했다. 그들과 함께 이야기하다 보면 1950년대 우리나라 시골의 인정을 느낄 수 있었다. 노천 시장에서 된장, 고추장, 간장, 떡 등을 팔고 있는 할머니, 아주머니들도 한결같이 인정스러웠다. 멀리까지 뒤따라오면서 떡 한 봉지를 쥐어주는 시장의 떡장수 아주머니의 표정은 평화롭고 다정했다.

그날 저녁 나는 한동안 잠을 이루지 못했다. 그것은 이역만리에서 개고기를 먹어 봤다는 흥분 때문이 아니었다. 인간이 어떻게 살아야 하는가에 대한 모범답안을 본 듯한 충격 때문이었다. 사람이 사는 사회에서 가장 중요한 것은 사람과 사람 사이의 따뜻한 정情일 것이다.

오늘날 우리 사회는 어떠한가? 어느 정도의 경제적인 성장은 달성되었다 하겠지만 그 경제 성장의 그늘에서 인간성은 죽어 가고 있지 않은가? 순전히 돈 때문에 천진난만한 어린이를 유괴하여 살해하고, 부녀자들을 닥치는 대로 폭행하며 백주에 강도, 절도가 횡행하는 것이 우리 사회의 실상이다. 이웃과의 관계에서도 이해관계에 따라 필요한 만큼만 마음의 문을 열어 놓는다.

타쉬켄트의 사람들과 우리들의 삶의 차이를 어떻게 설명해야 옳을까?

"옛날엔 우리나라에도 인정이 넘치는 사회가 있었다. 타쉬켄트는 우리만큼 산업화되지 않았기 때문에 아직 인정이 남아 있을 뿐이다" 하는 변명만으로는 설명할 수 없는 그 무엇이 그곳엔 있었다. 그곳 사람들의 타고난 심성이나 개인적인 도덕성에서 그 이유를 찾을 수도 없을 것이다. 결국은, 지금까지 그들의 생활을 이끌어 온 사회 윤리나 삶의 규범, 그리고 체제의 문제 등을 고려하지 않을 수 없겠다. 어떠한 이념, 어떠한 체제도 궁극적으로는 인간의 행복을 위하여 만들어진 것이고, 인간이 인간답게 살 수 있는 인정이 넘치는 사회의 건설을 목표로 하고 있다. 그렇다면 오늘날 우리의 사회 여건들이 우리를 인간다운 삶으로 인도하고 있는가를 심각히 반성해 볼 필요가 있다. 각종 언론 매체의 선동, 이윤 추구를 위한 경제인들의 부도덕성, 방향을 잃은 정치인들의 이합집산, 정당한 이유 없는 충동적인 폭력 행위 등이 우리 사회를 어떻게 멍들게 하며, 우리의 인정을 어떻게 좀먹고 있는가에 대한 근원적인 검토가 있어야 할 것이다.

(1990)

보신탕 금지 유감

독일의 비스마르크(1815~1898)가 중국의 이홍장李鴻章(1823~1901)에게 유명한 도베르만 개 한 마리를 선물했다. 얼마 후 이홍장은 비스마르크에게 "보내주신 개는 맛있게 잘 먹었습니다" 하는 내용의 답신을 보냈다는 일화가 있다. 또 몇 년 전 북한의 김일성이 북경을 방문했을 때 중국 측에선 만찬석상에 개고기 요리를 내놓았다고 한다. 『맹자』에도 "닭, 돼지, 개 등을 기르는 데 그 번식 시기를 놓치지 않으면 칠십 노인이 고기를 먹을 수 있을 것이다" 하는 기록이 있는 것으로 보아 중국에서 개를 식용으로 한 지는 오래된 듯하다.

우리나라의 경우도 마찬가지이다. 나의 기억으로는 어린 시절 고향 마을에서는 큰 일이 있을 때면 으레 개를 잡았다. 마당에 커다란 가마솥을 걸어 놓고 손님들에게 개장국 한 그릇씩 대접하는 것이 마을의 풍속이었다.

그런데 최근 당국에서는 이를 혐오 식품이라 하여 철저히 단속하겠다고 나섰다. 이 철저 단속은 영국의 동물애호가협회라는 한 민간 단체가 우리나라에 보낸 협박 편지가 직접적인 계기가 된 것으로 알려져 있다. 이 단체는 영국 내에서도 의료기관에 협박 편지를 보낸 바 있다. 의학 실험용으로 흰쥐를 계속 희생시킨다면 병원을 폭파해 버리겠다는 것이었다. 이들에겐 사람보다 짐승이 더 소중한 모양이다. 아무리 좋게 생각해도 이들을 정상인들의 집단으로 보기는 어렵다.

이들의 협박 편지에 엄연한 주권국가가 굴복한다는 것은 민족 자존심의 문제이다. 이것은 보신탕을 먹어야 된다던가 먹지 말아야 된다던가 하는 문제가 아니다. 개를 위한 미장원이 있고 개를 위한 호텔이 있으며, 심지어 개에게 유산을 상속해 주기까지 하는 그들의 삶의 방식을 우리가 구태여 배울 필요가 없다. 우리에겐 우리의 삶이 있고 이 삶을 우리 식으로 영위하면 되는 것이다.

몇 년 전 영국 신문이 필리핀 사람들의 개고기 먹는 모습을 사진으로 보도하며 이를 야만시했을 때, 필리핀 사람들은 부끄러워하기는커녕, 북아이랜드 사태 때의 영국인들의 잔인함을 도리어 공박하지 않았던가. 우리는 이를 타산지석他山之石으로 삼아야 할 것이다.

(1988)

황새의 죽음

얼마 전 충남 갑천甲川에서 죽은 한 마리의 황새는 우리에게 많은 것을 생각하게 해 준다. 죽음의 원인이 밀렵꾼의 '사이나'에 있는지 공장 폐수에 있는지 확실히 알 수는 없지만, 청둥오리의 떼죽음과 무관하지 않다고 본다면 후자 쪽의 요인이 더 많이 작용한 것 같다.

그런데 문제는 황새 한 마리의 죽음이 왜 그토록 신문과 방송을 흥분시켰는가 하는 점이다. 물론 황새는 천연기념물의 하나이고 세계적으로도 희귀한 새이기 때문일 것이다. 또 고고한 자세로 능히 천 년을 산다는 이 새의 갑작스러운 죽음이 사람들의 동정을 사기에 충분하기도 했을 것이다.

그러나 좀더 냉정하게 생각해 보자. 도대체 황새는 인간에게 어떤 존재인가? 인간이 있고 나서 황새가 있는 것이 아닌가? 인간의 수가 황새보다 많다고 해서 인간이 황새보다 덜 대접받아야 하는가? 황새는 인간에게서 대접받는다지만, 인간이 인간을 대접하지 않는다면 인간은 누구에게서 대접을 받는단 말인가? 황새의 죽음은 바로 인간의 죽음이요, 황새의 생활 환경은 곧 인간의 생활 환경이라고 생각해야 한다.

인간이 쾌적하게 살 수 있는 환경이라면 황새도 죽을 리 없다. 우리는 황새의 죽음을 애도하기에 앞서, 황새의 생활 환경을 걱정하기에 앞서, 인간의 생활 환경과 인간의 죽음을 먼저 문제삼았어야 했을 것이다. 황새나 청둥오리처럼 인간이 만들어 놓은 공해 때문에 죽어 가는 인간이 얼마나 많은가! 자연을 보호하는 것은 자연 그 자체가 중요하기 때문이기도 하지만, 자연은 우리가 살아가기 위한 환경이기 때문에 보호하는 것이다.

마찬가지로, 광화문 근처의 은행나무에 링거 주사를 맞히는 일이 바람직한 것이긴 하지만, 그렇게 해서 죽어 가는 은행나무를 살리는 것 자체가 목적이 되어서는 안 된다. 은행나무가 시드는 것을 인간이 시든다는 증거로 바라보아야 한다. 각종 공해와 불량식품으로 서서히 죽어 가고 있는 인간에게는 약을 쓰지 않고 은행나무만 돌본다면, 이것은 인간보다 은행나무가 더 소중하다는 말이 된다. 용문사龍門寺의 은행나무는 천 년을 살고서도 싱싱한데 광화문의 은행나무는 왜 백 년도 못살고 시드는가를 생각해야 할 것이다. 그리고 이 생각은 인간의 삶에 대한 문제로 귀착되어야 한다.

광화문 근처의 대기大氣가 은행나무를 시들게 하는 것이 우리에게 어떤 의미를 가지는가를 먼저 생각할 필요가 있다. 빗물에 씻기지 않도록 하기 위하여 접착제를 섞은 농약을 과일에 뿌리는 일이 황새의 죽음보다 더 우선적으로 문제되어야 하고 공해 업소에 대한 철저한 감독이, 시드는 은행나무에 대한 대책보다 먼저 이루어져야 한다.

만일 그렇게 하지 않는다면 우리는 광화문의 은행나무처럼 시들 것이고, 또 언젠가는 갑천의 황새처럼 죽어 갈 것이다.

(1982)

문화적 측면에서 본 한·중 수교의 의의

한국과 중국이 드디어 국교를 수립했다. 두 나라의 이해 당사자인 북한과 대만의 완강한 반대를 무릅쓰고 전격적으로 국교를 수립한 배경에는 경제적 문제가 가장 큰 요인으로 작용했을 것이다. 현대가 경제전쟁 시대라는 점을 생각한다면 더욱 그렇다. 그러나 우리 쪽의 입장에서 볼 때 경제적 실리에 못지 않은 문화적 의의가 있음을 간과할 수 없다.

한국과 중국은 동일한 한자 문화권漢子文化圈에 속하는 나라로서 수천 년 동안의 문화 교류를 통해서 서양 세계와는 다른 문화적 동질성을 공유해 왔다. 그러던 것이 일제의 식민 통치와 중국의 사회주의화, 그리고 6·25 전쟁을 거치면서 양국의 교류는 완전히 단절되었다. 이 단절은 특히 우리나라 쪽에 적지 않은 변화를 초래했다.

이씨조선 말까지 가장 큰 문화의 공급원이었던 중국과 일체의 교류가 단절됨으로써 서양 문화가 일방적으로 침투할 수 있는 길을 열어 놓았던 것이다. 제국주의 시대와 그 이후 이 땅에 들어온 서양 문화는 우리의 전통 문화를 걷잡을 수 없이 훼손시켰다. 한편 우리와 뿌리를 같이하는 중국 문화를 접할 수 있는 유일한 창구는 대만이었는데, 대만은 우리의 문화적 욕구를 충족시켜 주기에 다소 미흡한 면이 있었던 것이 사실이다.

서양 문화의 일방적 수용에 대한 재검토와 반성의 목소리가 높아지고 있는 지금, 중국과 문화적 교류의 길이 열렸다는 것은 참으로 다행한 일이다. 중국은 우리와 이데올로기를 달리하는 사회주의 국가임에도 불구하고 그 문화적 뿌리는 우리와 크게 다르지 않다고 생각한다. 수천 년 동안의 문화적 전통을 바탕으로 독자적인 중국식 사회주의 국가를 건설했기 때문에 그 문화적 속성과 인간적 정서는 여전히 동양적이다. 특히 전통 문화에 관한 한 이데올로기의 색채가 거의 보이지 않는다. 중국에서 출판된 고전문학 관계 서적들을 보아도 알 수 있는 일이다.

중국과의 문화 교류는 한문학漢文學의 거대한 뿌리, 역사적 자료의 교환, 고고학 등 학술 방면의 공동 연구를 비롯해서 다양한 분야에서 이루어질 수 있다. 지금까지 서로의 적대 관계로 인하여 극소수의 경우를 제외하고 상호 교류의 장場이 열리지 못한 것은 우리 문화의 발전을 위해서도 안타까운 일이었다. 앞으로는 중국 학자나 문화 단체와의 직접적인 교류의 폭을 넓혀 가면서 우리의 부족했던 점이 보완될 수 있을 것이다.

앞으로 활발해질 중국과의 문화 교류에 있어서 반드시 짚고 넘어가야 할 점은 문화적 사대주의를 경계해야 한다는 사실이다. 오늘날 한·중 관계는 과거와 같은 종속적인 관계가 아니다. 우리가 중국과의 문화 교류를 환영하는 것은 문화적 뿌리를 같이하는 동아시아 국가로서 새로운 동양 문화 창조에 힘을 합치기 위함이다.

문화에는 나라마다 그 나름의 독자적인 개성이 있는데, 확대해서 말한다면 동양 문화권과 서양 문화권도 각자의 문화적 개성을 지니고 있다. 그런데 우리는 이 문화적 개성을 도외시하고 서양 문화 일변도로 흘러왔다. 그러나 지금은 시각이 달라져야 한다. 동양 문화의 거대한 뿌리인 중국과의 적극적인 교류를 통해 받아들일 것은 받아들이고 줄 것은 주면서 우리의 체질과 정서에 맞는 새로운 문화의 틀을 만들 시기가 이제는 왔다고 생각한다. 그런 의미에서 한·중 수교는 중요한 의미를 지닌다.

(1992)

여아홍주 女兒紅酒

1

나는 중국을 자주 여행하는 편이다. 1989년 천안문 사태가 일어나던 해에 처음 중국을 다녀온 후 지금까지 20여 회 중국 여행을 했으니 이만하면 잦은 여행이라 할 만하다. 그래도 직성이 안 풀려 1993년에는 연구교수 자격으로 북경사범대학에 6개월간 장기 체류하면서 연구는 하지 않고 여행만 했다.

이렇게 중국에 자주 가는 이유는 중국이 좋기 때문이다. 우선 중국은 나의 전공과 관련이 있어서 좋다. 글로만 읽던 역사적 유적을 직접 찾아가 보는 감회가 나에게는 남다른 바 있다. 이백李白이 물속의 달을 잡으려다 빠져 죽었다는 채석강采石江의 연벽대聯壁臺, 구양 수歐陽修의 「취옹정기醉翁亭記」로 너무나 잘 알려진 취옹정, 주자朱子가 만년에 은거했던 무이구곡武夷九曲, 두보杜甫의 시혼詩魂이 서려 있는 두보초당 등등을 둘러보는 재미가 나를 중국으로 이끌었다. 이외에도 중국의 음식과 술과 차茶를 나는 좋아한다. 특히 중국 술은 무엇과도 바꿀 수 없는 중국 여행의 매력이다. 그래서 1993년 6개월간의 여행중, 나는 한 지방에 도착하면 그곳의 술과 차를 먼저 맛보곤 했다. 이렇게 해서 지금까지 마셔 본 중국 술이 적어도 100여 종은 넘을 것이다. 그러나 중국의 술이 3,000여 종이나 된다고 하니 앞으로도 계속 마셔 볼 작정이다. 원래 술을 좋아하는 나는 세계의 술을 두루 마셔 보았지만 아직 중국 술을 능가하는 술을 발견하지 못했다.

지난 1월 하순경에 문인 몇 명과 술자리를 함께한 적이 있었다. 이 자리에는 이시영 씨, 하종오 씨, 고형렬 씨, 유용민 씨, 전성태 씨 등이 있었는데 술자리인 만큼 자연히 술 이야기가 화제에 올랐다. 그 자리에서 누군가가 여아홍女兒紅이란 중국 술에 대해서 물었다. 내가 알고 있는 대로 답했더니 듣고 있던 고형렬 씨가 비상한 관심을 보이면서 원고를 청탁해 왔다. 그러나 불행하게도 고형렬 씨는 건강상의 이유로 금주중이라 술을 마시지 않고 있었다. 금주 기간이 끝나 다시 술을 마실 날을 기원하며 이 글을 쓴다. 더구나 나는 지난 2월 하순에 중국을 다녀오면서 바로 그 여아홍을 두어 병 사 가지고 와서 같이 마실 날을 기다리고 있는 중이다.

2

중국에는 유구한 역사만큼이나 다양한 술이 있어서 여러 가지로 분류되지만 대체로 5가지로 분류하는 것이 일반적이다. 백주白酒, 과주果酒, 배제주配制酒, 황주黃酒, 맥주가 그것이다. 과주는 포도주 등을 말하고 배제주는 죽엽청주, 오가피주와 같이 원액에 여러 가지 재료를 혼합한 술이다. 그러나 중국 술의 주종은 백주와 황주이다. 여기서는 백주는 잠시 접어 두고 황주 얘기를 해 볼까 한다. 여아홍 이 황주에 속하기 때문이다.

황주는 4,000여 년의 역사를 가졌다고 하는 발효주로 알콜도수 는 15%~20%이다. 색깔이 황갈색이기 때문에 황주라 불리운다. 황 주는 그 맛에 따라 첨형甛型, 반첨형半甛型, 불첨형不甛型으로 분류되 는데, 첨형은 단맛이 많은 술로 복건성의 침항주沈缸酒가 대표적이 고 반첨형은 산동성의 즉묵노주卽墨老酒가 대표적인 술이다. 불첨형 의 대표적인 황주가 바로 소흥주紹興酒인데 그 지명도知名度로 인하 여 황주의 대명사처럼 불리운다.

소흥주는 절강성의 소흥 지방에서 생산되기 때문에 붙여진 이름으로 2,000여 년 전부터 양조되었다고 한다. 소흥주는 중국인들이 세계에 자랑하는 술로서 원료와 제조 방법이 매우 엄격하다. 원료는 반드시 찹쌀을 사용해야 하는데 근년에는 수요를 따라가지 못하여 옥수수를 사용하는 경우도 있다고 한다. 그리고 물은 반드시 소흥에 있는 유명한 감호鑑湖의 물을 사용해야 한다. 그래서 지금도 소흥주의 원료 표기란에 감호수를 명기하고 있다. 제조 방법은 더욱 엄격하다. 대개 입동立冬 또는 소설小雪 전후에 누룩 만드는 일에 착수하여 술을 앉힌 다음 그 이듬해 입춘立春 무렵에 술을 걸러 90일 이상 발효를 시킨다. 그런 다음 도자기 항아리에 담아 진흙으로 밀봉하고 3년 내지 5년간 저장했다가 개봉한다. 이렇게 소흥주는 반드시 겨울철에 저온 발효를 거쳐 만들어져야 한다.

소흥주는 저장 기간이 오래될수록 향이 좋아지기 때문에 노주老酒라고도 한다. 이 술은 원칙적으로 40~50℃로 데워서 마시는데 이렇게 하면 향기가 휘발하여 더욱 진한 향을 느낄 수 있다. 요사이는 여름철에 차게 하여 마시기도 한다. 소흥주는 신맛, 단맛, 쓴맛, 매운맛, 신선한 맛의 오미五味가 어우러져 복잡한 맛을 낸다. 그래서 처음 마시는 사람은 강한 거부감을 나타내기도 하지만 그 오묘한 맛을 알고 나면 반드시 다시 찾게 될 것이다.

여아홍女兒紅은 소흥주 중에서도 고급에 속하는 술이다. 여주女酒, 여아주女兒酒, 여정주女貞酒, 화조주花雕酒라고도 하는데 청淸나라 양장거梁章鉅의 『낭적속담浪迹續談』에 다음과 같은 기록이 보인다.

"소흥주 중에서 가장 좋은 것이 여아주女兒酒이다. 전하는 말에 의하면, 부잣집에서 딸을 낳아 만 1개월이 되면 술 몇 항아리를 빚어 딸이 시집갈 때 이 술을 예물로 보내는데, 그 항아리에 대개 채색 그림을 그리기 때문에 화조花雕라고 한다."

또 다른 기록에 의하면, 딸이 서너 살 되면 술을 빚어 겨울에 연못의 물이 마를 때 연못 밑바닥에 묻었다가 딸이 시집갈 때 꺼내 손님에게 대접한다고 한다. 그러나 지금은 물론 이런 풍속이 없어졌다. 다만 딸의 혼사 때 아름다운 꽃무늬로 조각된 항아리에 일반 소흥주를 담아서 손님에게 대접할 뿐이다. 중국 신문화 운동의 대표자요 걸출한 산문가인 주작인周作人(1885~1967)의 「담주談酒」를 보면 지금도 개인적으로 오래된 소흥주를 담는 경우가 있다고 한다. 해마다 몇 항아리의 술을 걸러 뜰에 묻어 두고 20년 후부터 차례로 꺼내 마시는데 이렇게 하면 매년 20년 묵은 진주陳酒를 마실 수 있다고 한다. 그는 꼭 한 번 이 술을 마셔보았는데, "지금도 잊을 수 없다"고 했다. 그리고 이런 술은 시판하지 않기 때문에 어디서도 살 수 없다고 했다.

그러나 지금은 '고월용산古越龍山' 상표의 20년짜리 소흥주가 시판되고 있다. 그리고 '여아홍' '화조주'란 상표의 술도 살 수 있다.

화려하게 조각된 항아리 용기 이외에 유리병에 담아서 팔기도 한다.
어쨌든 15%~20%의 술을 20년 동안이나 변질시키지 않고 저장하
는 기술이 놀랍다.

(2002)

진정한 남녀 평등의 길

　전주시 교육청이 최근에 펴낸 『자녀를 바르게 키우는 길』이란 책이 논란의 대상이 되고 있다. 이 책에 수록되어 있는 「아내가 지켜야 할 30훈」 중 일부 항목이 특히 여성계의 거센 반발을 사고 있는 것이다. 신문에 보도된 일부 항목은 이렇다.

　　"남편의 옷에 때가 묻는 것은 아내의 책임이다."
　　"남편의 시중은 아내가 직접 하라."
　　"아내의 음성은 높고 거칠어서는 안 된다."
　　"(부인은 남편에게) 애정이 담긴 눈길을 보내라."
　　"외박(외도와는 다름)하고 오는 남편을 웃음으로 맞아 주라."

등의 구절이 문제가 되고 있다.

만일 보도된 내용이 사실이라면 이것은 시대착오적인 발상이 아닐 수 없다. 이에 대하여 여성 단체들이 반발하는 것은 당연하다. 전북 여성단체협의회는 "시 교육청이 이러한 전근대적 교육 자료를 펴낸 것은 우리 교육의 허점을 드러낸 표본"이라 반박했고, 한국가정법률상담소 전주 지부는 "교육 기관이 이같이 시대착오적인 교육 자료를 만들다니 이해할 수 없다"고 했다.

이런 사태가 발생한 것은 물론 남성 우월주의에 기인한 것이다. 언제부터인가 인류 사회는 남성이 여성보다 우월하다는 전제하에 남성 중심의 질서를 유지해 왔다. 때로는 여성을 하나의 인격체로 인정하지 않고 여성 위에 군림하기도 했다. 그래서 '여성 해방'이라는 다소 전투적인 용어까지 등장한 것이다.

여기서 남성과 여성의 문제를 한번 냉정하게 되짚어 볼 필요가 있다. 남성과 여성은 어차피 더불어 살아가야 할 동반자이며, 또 당위적當爲的으로 서로 조화롭게 살아가야 한다. 남성에게는 여성이 가지지 못한 장점이 있고, 여성도 남성이 지닐 수 없는 장점을 가지고 있다. 남성과 여성은 서로의 장점을 취하고 서로의 부족한 점을 보완하면서 생활해야 한다. 어느 한쪽이 다른 쪽을 지배해야 한다는 발상이 남성과 여성의 관계에 개입되어서는 안 된다.

그렇게 되기 위해서는 물론 남성들의 의식구조가 바뀌어야 한다.

문제 해결의 열쇠를 남성들이 쥐고 있기 때문이다. 그러나 여성들에게도 책임이 없는 것은 아니다. 우선 차이差異와 차별差別이 구분되어야 한다. 사람과 사람 사이에는 차이가 있게 마련이다. 남성들 사이에도 성격의 차이가 있고 능력의 차이가 있다. 남성과 여성의 사이에는 이보다 더 큰 차이가 있다는 사실을 간과해서는 안 된다. 그리고 "여자가 뭘" 하는 식의 자기비하를 여성 스스로 떨쳐버려야 하고, "나는 여자이니까" 하는 식의 책임회피 의식을 가지고 힘들고 어려운 일을 남성들에게 떠넘기려는 생각도 버려야 한다.

따지고 보면 성차별과 남녀 평등의 문제는 어제오늘의 일이 아니다. 어쩌면 인류의 영원한 숙제일는지도 모른다. 그러나 언젠가는 풀어야 할 숙제이다. 이번에 전주시 교육청이 만든 「아내가 지켜야 할 30훈」이 불러일으킨 파문을 계기로 하여 이 땅의 모든 남성과 여성들은 진정한 남녀 평등의 길이 어떠해야 하는가를 진지하게 모색해 볼 일이다.

(1994)

『한시미학과 역사적 진실』 출간 전후

그동안 써 두었던 글들을 책으로 묶어야 하겠다고 생각한 지는 3 ~4년 전부터였다. 그러나 타고난 게으름 때문에 차일피일 미루다 가 이제야 생각을 실행에 옮긴 것이다.

책을 제작하는 과정이 옛날과 많이 달라졌다. 옛날에는 원고 뭉치 를 보자기에 싸서 출판사에 갖다주고 나중에 교정을 보는 것으로 저 자가 할 일이 끝났는데 지금은 그렇지 않다. 저자가 자신의 글을 컴 퓨터에 입력시켜서 디스켓을 제출하는 것이 관례가 되었다. 그러니 저자의 일이 훨씬 많아졌다. 나 같은 컴맹의 경우에는 일이 많아졌 다기보다 일이 불가능해졌다고 말해야 옳다. 지금까지 개별 논문을 발표할 때는 그런 대로 견뎌 왔다. 200자 원고지에 글을 써서 출판 사나 잡지사에 보내면 그쪽에서 고맙게도 후속 작업을 해 주기도 했

고, 원고 마감 시한이 지났을 때는 학생들에게 부탁하여 이-메일로
보내기도 했다.

　그러나 이번 일은 달랐다. 한 권 분량의 글을 학생 한두 명에게 입
력시켜 달라고 부탁하기도 딱한 노릇이고, 그렇다고 원고 보따리를
출판사에 들이밀기도 염치없는 짓이다. 더구나 옛날에 쓴 원고가 모
두 남아 있는 것도 아니다. 궁리에 궁리를 거듭한 끝에 드디어 한 가
지 생각이 떠올랐다. 궁즉통窮則通이라 했던가. 한문학과 대학원 강
의를 활용하기로 한 것이다. 수강생들에게 나의 논문 한 편씩 맡아
서 요약하여 발표케 하고 토론을 시키는 식으로 수업을 진행했다.
당연히 학기말에는 각자 맡은 논문을 입력시켜 디스켓을 제출하도
록 했다. 학생들에게 미안한 마음이 없지 않았지만, 선생의 글을 정
독하고 토론하는 것도 훌륭한 공부라고 내 나름으로 합리화시켰다.

　이렇게 해서 일차 작업이 끝났다. 학생들이 제출한 18개의 디스켓
을 보니 마치 부자가 된 듯한 기분이 들었다. 그러나 그 이후의 작업
또한 만만치 않았다. 들쭉날쭉하게 입력시켜 온 디스켓을 출력시켜
노출된 한자를 괄호 안에 집어넣고 체제를 통일하는 등의 일이 남아
있었다. 이것도 나의 능력 밖의 일이라, 하는 수 없이 내 연구실에서
공부하는 대학원 학생 김영죽 양에게 맡겼다. 이렇게 천신만고 끝에
완성본을 하나의 디스켓에 모아 유용민 부장에게 전달하고 나니 날
아갈 듯 몸이 가벼웠다.

내가 워드프로세서를 배우면 문제는 해결된다. 그러나 워드를 배운다는 것이 말같이 그렇게 쉽지 않다. 나는 세상의 변화를 적극적으로 좇아가는 편이 못 된다. 이 책의 서문에도 썼듯이 나는 아직도 자동차 운전을 할 줄 모른다. 휴대폰도 없다. 그리고 아직도 담배를 피우고 술 마시기를 즐긴다. 뿐만 아니라 사는 곳도 강북江北의 단독주택이다. 게다가 컴퓨터에도 까막눈이니 이만하면 천연기념물감이다. 그러나 이런 식의 천연기념물은 보호할 가치도, 보존할 가치도 없다는 것을 잘 알고 있기에 금년에는 기필코 컴퓨터를 배워볼 작정이다. 그리고 언젠가는 자동차 운전도 배워야 하지 않겠는가. 그렇지만 담배와 술을 끊을 생각은 없고 휴대폰도 휴대할 생각이 없다.

책을 출간하고 나니 홀가분하기는 하다. 그러나 한편으로는 내가하고 있는 작업에 대한 회의를 떨쳐 버릴 수 없다. 이른바 학문을 한다는 것이 무슨 가치가 있는지 모르겠다. 더구나 나처럼 지나간 시대에 한문으로 씌어진 문학 작품을 두고 이러쿵저러쿵 논의하는 것이 어쩌면 지적知的 유희에 불과하다는 생각도 든다. 이런 생각의 밑바닥에는 문학 연구보다 문학 창작이 더 보람있는 일이라는 의식이 자리잡고 있다. 이것은 현대 문학의 경우에도 마찬가지라 생각한다. 정희성과 김혜순의 시, 김주영과 신경숙의 소설은 그 자체로서 아름답고 훌륭하다. 이들 작품에 대한 어떠한 논의도 작품의 가치를 훼

손시킬 수 없을 것이다. 적어도 문학을 포함한 예술에 있어서는 비평보다 창작이 우위에 있는 것이 아닐까?

사실 나도 젊었을 땐 시를 쓰고 싶어했다. 나에게 시를 쓸 수 있는 재능이 있는지 없는지 모르지만 꿈만은 시인이 되는 것이었다. 그런 꿈을 접어 두고 지금은 한시漢詩를 '연구하는' 소위 학자가 되고 말았으니 이런 넋두리를 하는 것이다.

이러면서도 한문학 논문을 계속 쓰는 데에는 내 나름의 이유가 있다. 우선 내가 한문학과 교수이기 때문이다. 그러나 이보다 좀더 적극적인 명분이 있다. 한문을 잘 모르는 많은 사람들에게 우리의 문학 유산을 이해하도록 안내하는 일이다. 오늘의 한국 문학을 있게 한 존재 근거로서의 한문학을 문학하는 사람이 어찌 외면할 수 있으랴. 내가 한문학을 전공하게 된 것도 다산茶山 정약용丁若鏞의 한시 때문이었다. 한문학 연구가 빈약했던 70년대 초에 내가 읽은 다산의 한시는 경이로움 그 자체였다. 이러한 한시도 있구나 하는 생각을 하게 되었고, 나 혼자 읽기가 아까워 서툰 솜씨로 번역을 하기까지 했다. 그것이 『다산시선茶山詩選』이다. 이후 한문학 특히 한시 주위를 어정거리면서 오늘에 이른 것이다.

나는 논문을 쉽게 쓰려고 노력하는 편이다. 그렇지 않아도 어려운 한문학 논문을 어렵게 쓰면 누가 읽겠는가. 무릇 글이란 남들이 읽는 것을 전제로 하여 쓰는 것인데, 읽는 사람으로 하여금 두 번, 세

번 읽게 만드는 글은 좋은 글이 아니라고 생각한다. 즉 글쓰는 사람의 지적知的 호기심만을 충족시켜 주는 글이어서는 안 된다는 것이 나의 생각이다. 이 책에 수록된 18편의 논문에 이러한 나의 의도가 얼마나 반영되었는지 궁금하다. 이것은 순전히 읽는 사람들이 판단할 문제이다. 다음에 또 책을 출간한다면 더 쉬운 글, 가능하다면 주註가 없는 글로 책을 만들고 싶다.

끝으로 한마디, 책의 장정이 마음에 쏙 든다. 내용이 허술하니까 장정이라도 화려하게 꾸며야 하겠다고 판단한 것인가? 장정은 우아한데 책값이 비싼 것이 좀 불만스럽다. 어차피 대학원생을 포함한 학생층이 구매자일 터인데 2만8천 원의 정가는 아무래도 부담스러울 듯하다.

이제는 좀 쉬어야 하겠다. 지긋지긋한 원고로부터 벗어나는 것이 지금 나의 가장 큰 소망이다.

(2001)

처자식도 버린 단재丹齋와 심산心山

단재丹齋 신채호申采浩 선생은 구한말의 독립운동가요 역사학자이며 문학가였다. 그는 한일합방이 되던 1910년 31세의 나이로 고국을 등지고 중국으로 망명하여 1936년 57세를 일기로 여순旅順 감옥에서 생을 마칠 때까지 오로지 조국 광복의 일념으로 살았던 분이다. 광복 45주년을 맞는 오늘날, 우리가 이나마의 자유와 물질적 풍요를 누리게 된 것은 단재를 비롯한 애국 선열들의 빛나는 투쟁 덕분이 아닐 수 없다. 그리고 이러한 투쟁의 이면에는 뜻을 같이하는 동지들의 뜨거운 동지애가 뒷받침되어 있다.

단재의 경우만 하더라도 중국에서의 그의 생활은 고난과 형극荊棘의 길 바로 그것이었다. 우선, 먹고 입는 생활의 기본 요건마저 해결하기가 어려웠다. 어느 때는 입에 풀칠이라도 하기 위해서 근 일 년 동안이나 절에서 중노릇을 한 적도 있었다. 그럴 때 친구들의 따뜻한 도움이 없었더라면 아마 독립운동을 계속하기 어려웠을 것이다. 자기 집으로 불러서 몇 년간 숙식을 제공한 사람도 있었고, 그의 방이불 밑에 몰래 돈을 놓고 간 사람도 있었으며, 백방으로 주선하여 중국의 신문사에 논설을 쓰도록 해 준 사람도 있었다. 또한 그가 틈틈이 써둔 역사 관계 저술의 출판비로 거액을 내놓은 사람도 있었다.

그렇다고 그가 처세에 능한 사람은 아니었다. 처세만 가지고 말한다면 그는 낙제생이었다. 원칙을 지키려는 강직한 성격 때문에 다른 사람의 접근을 쉽게 허용하지 않는 그런 인간형이었다. 그럼에도 불구하고 그의 주변에는 언제나 사람들이 모여들었다. 사심私心 없이 대도大道를 걸음으로써 다른 사람으로 하여금 그를 존경하고 따르지 않을 수 없게 만들었다. 능란한 처세술로 사람을 끄는 유형이 있고, 따뜻한 인간미와 다정한 마음씨로 사람을 끄는 유형이 있는데 단재는 그 어느 쪽도 아니었다. 오직 한 길, 조국 광복을 위해서 추호의 흔들림도 없이 꿋꿋하게 걸어가는 그에게 지남철에 끌리듯 사람들이 모여든 것이다.

그러기에 그는 가족마저 외면하지 않을 수 없었다. 그는 41세 때인 1920년 북경대학 유학생인 박자혜 여사와 재혼했다. 그러나 불과 2년 남짓 신혼살림을 한 후 부인과 아들을 귀국시켜 버렸다. 생활고 때문이었다. 주로 친구들의 도움으로 살아가는 그로서는 두 식구가 부담스러웠던 것이다. 또한 홀가분한 마음으로 독립운동에 헌신하기 위해서는 가족 부양의 압박으로부터 벗어나야 되겠다는 생각도 들었을 것이다. 그에게는 일본에게 강탈당한 나라를 되찾는 것이 무엇보다 중요한 일이었다.

귀국 후 박 여사는 산파産婆 노릇을 하며 두 모자의 생계를 꾸리려 했지만 밥을 먹는 날보다 굶는 날이 더 많았다. 친구들은 단재의 글을 받아 국내 신문에 게재하고 그 원고료를 가족들에게 전달하는 등의 노력을 했지만 한계가 있었다. 모두들 어려운 때인지라 마음과 같지 않았음은 충분히 짐작할 수 있는 일이다. 급기야 1928년 일본 경찰에 의하여 체포된 후에는 절망적인 상황에서 부인에게 다음과 같은 편지를 썼다.

"내 걱정은 마시고 부디 수범秀凡 형제 데리고 잘 지내시며 정할 수 없거든 고아원으로 보내시오."

그 후 박 여사는 온갖 고초를 겪다가 조국 광복을 보지 못하고 1943년에 세상을 떠났다. 고아원으로 보내라던 큰아들 수범 씨는 지금도 생존해 계신다. 그러나 질병과 가난으로 고생하기는 그때나 지금이나 마찬가지이다.

    중국 망명 시절에 단재와 가장 가깝게 지낸 친구 중의 한 사람은 심산心山 김창숙金昌淑(1879~1962) 선생이었다. 두 분은 조국 광복에의 의지에 있어서나 평소의 성격에 있어서 유사한 점이 많아 이역만리에서의 외로운 투쟁에 서로 힘이 되었다. 1920년, 당시 상해 임시정부 대통령인 이승만이 미국의 윌슨 대통령에게 한국을 위임통치해 줄 것을 청원한 일이 있었는데, 이를 알고 분개한 심산은 단재, 백암白巖 박은식朴殷植 등과 함께 대통령 파면 결의안을 제출하여 의결시킨 적도 있었다. 그만큼 심산의 행동 노선은 외길 일변도였다. 또 그렇기 때문에 단재와 마찬가지로 많은 사람들이 주위에서 그를 도와주었다. 그러나 가정적으로 불행할 수밖에 없었던 것 또한 단재의 경우와 비슷하다.

    1919년 파리 평화회의에 보낼 호소문을 휴대하고 중국 상해로 간 이후 그의 개인적 삶은 비극의 연속이었다. 그 이듬해에 모친이 별세했으나 복服을 입지도 못했고, 1927년 초에는 큰아들이 왜경倭警의 고문을 받아 사망했다. 그 자신도 몇 달 후에 체포되어 고문 끝에 앉은뱅이가 되고 말았다. 뿐만 아니라 왜경의 감시를 피해 중국의 중경重慶으로 망명시켰던 둘째 아들이 광복되던 해인 1945년 10월 중경에서 병사病死하고 말았다. 훗날 그는 셋째 아들을 장가보내면서 다음과 같은 시를 썼다.

너의 첫 울음이
겨우 백일 남짓했을 때
풍운이 졸지에 들끓어
나는 멀리 길을 떠났었지
도야지 송아지처럼
저대로 자라도록 버려 두고
문득 한스럽구나
가업家業이 너무 성글어졌음이

   단재와 심산은 이제 유명幽冥을 달리한 분들이다. 그러나 두 분은 지금 우리 모두의 가슴속에 살아 있다. 앞으로도 영원히 우리들과 함께 살아 있을 것이다. 생존해 있을 때 그 주위로 사람들을 모이게 했던 단재와 심산은 죽고 나서도 사람들로 하여금 그 곁을 떠나지 못하게 하고 있다. 우리가 비록 단재와 심산 같은 행동을 하지 못한다고 하더라도 두 분의 정신만은 본받아야 할 것이다. 의식적인 인간 관리를 하지 않았음에도 불구하고 결과적으로 가장 훌륭한 인간 관리의 모범을 보였던 것은 두 분이 대도大道를 걸었기 때문이었다.

(1990)

과거시험을 포기한 연암 박지원

연암燕巖 박지원朴趾源(1737~1805)은 한국 실학 사상의 우뚝한 봉우리이다. 그는 명문인 반남潘南 박씨 가문에서 태어나, 자신의 천재적인 자질과 주위의 인맥으로 인하여 출세할 수 있는 길이 활짝 열려 있었는데도 끝내 과거시험을 포기하고 학문에만 전념했다. 그가 마음만 먹었으면 보장되는 벼슬에의 미련을 과감히 버린 것은, 권력을 따라 아첨을 일삼는 당시 양반 사대부 세계에 환멸을 느꼈기 때문이다.

양반 사회의 위선과 탐욕에 대한 비판은 그가 20대 전후에 집필했을 것으로 추정되는 이른바 초기 9전九傳에 잘 나타나·있다. 「마장전馬駔傳」의 주인공인 송욱, 조탑타, 장덕홍은 길거리를 떠도는 걸식패인데, 연암은 이들의 입을 빌어,

"친구가 없으면 없었지 양반들처럼 사귀지는 않겠다."

고 하여 양반 사회의 위선적인 교제를 비판하고 있다. 「예덕선생전
穢德先生傳」의 엄행수는 서울 근교의 농장에 똥을 운반하는 사람이
고, 「광문자전廣文者傳」의 주인공 광문은 종로의 거지 출신으로 약국
점원, 금융 중개인, 기생들의 뒷바라지를 하는 인물이다. 사회에서
천시받는 이들을 연암은 생산적인 인간형으로 그려 놓았는데, 여기
에는 양반 사대부들이 아닌 기층 민중들에게서 참다운 삶을 발견하
려는 연암의 의지가 들어가 있다.

　연암은 윤리적인 면에서도 중세적 권위주의와 명분론에서 벗어나
있다. 그는 적서嫡庶의 차별에 대하여,

　　"아아! 인재가 내버려져도 돌아보지 않고, 윤리가 허물어져도
　　바로잡을 생각도 않으면서 '서얼 중에는 인재가 없다' 고 떠들고,
　　또 '이렇게 해야만(적서를 차별해야만) 명분이 바로 선다' 고 떠들어
　　댑니다. 이것이 어찌 바른 이치이겠습니까?"

하여 서얼을 차별하는 사회적 풍조를 강하게 비판했다. 그는 과부의
수절守節에 대해서도 긍정적으로 보지 않았다. 그는 「열녀함양박씨
전병서烈女咸陽朴氏傳幷書」에서 한 과부의 입을 빌어 이렇게 말했다.

"대저 사람의 혈기는 음양에 뿌리를 두고 있고, 정욕은 혈기에 괴어 들며, 그리움은 고독에서 생겨나고, 슬픔은 그리움에서 우러 나오는 법인데, 과부란 고독에 처하여 슬픔이 지극할 수밖에 없 고, 혈기는 때에 따라 왕성해지는 것인즉, 어찌 과부라고 해서 아 무런 감정이 없겠느냐?"

과부의 수절을 무조건 미덕으로 여기는 봉건적 유교관에 대한 비 판이다. 사람이라면 누구나 신분의 구별 없이 그 존엄성을 인정받아 야 하고, 봉건적인 속박에서 벗어나 인간다운 삶을 누려야 한다는 것이 연암의 생각이었다.

이와 함께 연암 실학 사상의 핵심은 그의 사회·경제 사상에 있 다. 그의 사회·경제 사상의 골자는, 기술의 혁신과 상업의 발달을 통하여 낙후된 조국을 발전시키고 만성적인 가난으로부터 백성들을 구하자는 것이다. 그는 우리나라가 낙후된 원인이 일차적으로 기술 을 발전시키지 못한 때문이라고 생각했다. 일상생활의 도구로부터 교량, 가옥, 도로, 농기구에 이르기까지 그 제작 기술을 끊임없이 개 발하여 생활에 도움이 되도록 하고 이를 통하여 국가를 문명화시키 자는 것이 그의 구도였다.

이와 같은 그의 사상은 대부분 청清나라를 그 모델로 삼고 있었 다. 당시의 사대부들은 이미 망하고 없는 명明나라를 숭배하고, 청나

라를 오랑캐의 나라로 야만시하는 이른바 시대착오적인 존명배청尊
明排淸 사상에 젖어 있었다. 그는 이러한 편견을 과감히 던져 버리고
발달한 청나라의 문물을 적극적으로 도입해야 한다고 주장했다. 이
러한 주장은 당시의 분위기로 보아서 여간한 신념과 용기가 없이는
펴기 어려운 것이었다.

그는 44세(1780) 때 8촌형인 박명원朴明源을 따라 청나라를 다녀왔
는데, 약 5개월에 걸친 여행 과정에서 보고 듣고 느낀 바를 정리하
여 『열하일기熱河日記』라는 책을 저술했다. 이 책은 단순한 여행기가
아니다. 그는 여기서 그곳의 앞선 문물 제도와 우리나라의 그것을
비교하여 그 장단점을 세밀히 지적하고 발달한 청나라의 기술 문명
을 배울 것을 강력히 주장했다.

기술의 혁신과 함께 그는 상업의 발달을 매우 중요시했다. 폐쇄적
인 농경 사회를 벗어나 근대 사회로 발전하기 위해서는 상업의 발전
이 선행되어야 한다는 것을 그는 예리하게 꿰뚫어보고 있었다. 그가
상업의 발달을 주장한 것은 생산물을 원활히 유통시키기 위함이었
다. 한 지방의 생산물이 타지방으로 유통되지 못하고 그 지방에서만
소비되면 더 이상의 수요가 없어지기 때문에 더 이상의 생산도 이루
어지지 않는다. 따라서 생산성을 높이려는 기술도 발달되지 않는다.
그는 생산물이 유통되지 못하는 가장 큰 원인을, 유통 수단인 수레
가 없는 탓이라고 분석했다. 『열하일기』에는 이 점이 특히 강조되어

있는데 그는 "사방이 몇천 리밖에 안 되는 나라에서 백성의 살림살이가 이다지 가난함은 한마디로 수레가 다니지 않는 까닭"이라고까지 말했다. 이 말은 결국 수레를 널리 통행시켜 유통 구조를 개선함으로써 생산을 자극해야 한다는 뜻이다.

그는 『허생전許生傳』에서도,

> "조선이라는 나라는 배가 외국에 통하질 않고, 수레가 나라 안에 다니질 못해서 온갖 물화가 제자리에 나서 제자리에서 사라진다."

고 말했는데 실제로 허생이 몇 가지 물건을 매점買占해서 큰돈을 버는 대목이 나온다. 몇 가지 물건만 매점해 버리면 경제가 마비될 정도로 조선의 경제 구조가 취약하다는 말이다. 이 취약한 경제 구조를 개선하기 위해서는 수레를 유통시켜 상업을 발전시키는 길밖에 없다고 연암은 생각한 것이다.

연암은 50세 때에야 음직蔭職으로 9품인 선공감 감역繕工監監役의 벼슬을 제수받고 말단 관직을 전전하다가 55세에 안의현감安義縣監으로 부임한다. 5년간의 안의현감 시절에 그는 평소 지니고 있었던 실학 사상을 몸소 실천하여 선정을 베풀었으며, 청나라에서 보고 배운 여러 가지 기술을 지방 행정에 실제로 적용해 보기도 했다. 그 후 연암은 면천군수, 양양군수 등의 관직을 잠깐씩 거치고 안의를 떠난

지 9년 후인 1805년에 69세를 일기로 일생을 마쳤다.

(1999)